Chinua Achebe

Einer von uns

Roman

Aus dem Englischen
von Uda Strätling

FISCHER Klassik

Dann brach der internationale Kaffeemarkt ein. Über Nacht (so schien es) hatte die Regierung eine gefährliche Finanzkrise am Hals. Kaffee war der Grundpfeiler unserer Wirtschaft und die Kaffeepflanzer entsprechend das Bollwerk der POP.

Der damalige Finanzminister war ein erstklassiger Ökonom und promovierter Volkswirtschaftler. Er legte dem Kabinett einen umfassenden Krisenplan vor.

Der Premierminister sagte nein. Er wollte seinen Wahlsieg nicht gefährden, indem er den Kaffeepflanzern ausgerechnet jetzt die Profite verdarb; vielmehr sollte die Nationalbank angewiesen werden, fünfzehn Millionen Pfund zu drucken. Zwei Drittel des Kabinetts stellte sich hinter den Finanzminister. Am nächsten Morgen wurden sie alle vom Premier geschasst, der am Abend eine Rede an die Nation richtete. Er sagte, die entlassenen Minister seien Verschwörer und Verräter, die mit ausländischen Saboteuren gemeinsame Sache machten, um die junge Nation zu zerstören.

Ich erinnere mich sehr genau an diese Rundfunkansprache. Natürlich kannte damals niemand die Wahrheit. Die Zeitungen und Rundfunksender verbreiteten ja alle die Version des Premiers. Wir waren empört. Unsere Studierendenvertretung berief eine Sondersitzung ein, sprach unserem Regierungschef das Vertrauen aus und verlangte ein Ausnahmegesetz zur Verfolgung der Halunken. Die ganze Nation stand hinter ihrem Führer. Landauf, landab gab es Protestmärsche und Demonstrationen.

Doch um dieselbe Zeit bemerkte ich erstmals einen neuen bedenklichen und bedrohlichen Unterton im allgemeinen Geschrei.

Der *Daily Chronicle*, das Sprachrohr der POP, wies in einem Leitartikel darauf hin, dass zur Halunkenbande, wie die entlassenen Minister nun genannt wurden, lauter studierte und hochgebildete Kopfarbeiter zählten. (Ich habe den Zeitungsausschnitt aufbewahrt.)

> So wie der Zahnarzt einen faulen Zahn zieht, müssen wir den Staatskörper ein für alle Male befreien von diesen hohlen Attrappen mit ihrer grauen ökonomischen Theorie, ihrem Nachgeplapper weißer Redensarten und Gewohnheiten. Wir sind stolz darauf, Afrikaner zu sein. Unsere wahren Führer sind nicht die, die sich so viel auf ihre Abschlüsse aus Oxford, Cambridge oder Harvard einbilden, es sind die, die die Sprache des Volkes sprechen. Schluss mit der schändlichen und teuren Universitätsausbildung; sie entfremdet einen Afrikaner bloß seiner reichen und ehrwürdigen Kultur und lässt ihn auf seine Landsleute herabsehen …

Alle stießen in dasselbe Horn. Andere Blätter betonten, dass man nicht einmal in Großbritannien, dem Land der angeblichen Elitebildung der Halunkenbande, Wirtschaftswissenschaftler sein müsse, um Finanzminister zu werden, oder als Gesundheitsminister Arzt. Was zähle, sei Parteiloyalität.

Am Tag, an dem der Premierminister die Vertrauensfrage gewann, saß ich auf der Besuchertribüne des Parlaments. Es war außerdem der Tag, an dem die Wahrheit endlich ans Licht kam, nur hörte keiner mehr hin. Ich erinnere mich, wie gramgebeugt der Finanzminister mit seinem Gefolge in den Plenarsaal einzog, wie er von Abgeordneten und Besuchern gleichermaßen ausgebuht wurde. Im Laufe der Woche waren sein Wagen von randalierenden Massen zerstört und sein Haus mit Steinen beworfen worden. Einen anderen geschassten Minister hatte man aus seinem Wagen gezerrt, bewusstlos geschlagen, fünfzig Meter die Straße hinabgeschleift, an Händen und Füßen gefesselt, geknebelt und einfach am Wegrand liegen lassen. Er wurde noch in der orthopädischen Klinik behandelt, als das Parlament zusammentrat.

Das war mein erster – und letzter – Besuch im Parlament. Es war auch das einzige Wiedersehen mit Mr Nanga seit der Schulzeit 1948.

Der Premier sprach drei Stunden lang, und zu jedem zweiten Wort gab es Beifall. Er wurde als Tiger gerühmt, als Löwe, unterraste, der unten in eine schmale Brücke mündete, sah er – damals ein Phänomen – vom gegenüberliegenden Hang einen Lkw hinabrollen. Es drohte ein Frontalzusammenstoß auf der Brücke. In seiner Not hatte Mr Nwege einigen Fußgängern lauthals zugeschrien: »Um Gottes willen, irgendjemand, stoß mich um!«, was offenbar keiner tun wollte, also hatte er als Anreiz hinzugefügt: »Stoß mich um, und meine drei Pence gehören dir!« Seit jenem Tag war dieses ›Stoß mich um und nimm die drei Pence!‹ in Anata ein beliebter Witz.

Die Rede des Ministers wirkte ungekünstelt und war überaus zugkräftig. Es stünden keine Wahlen an, bemerkte er zur allgemeinen Erheiterung. Er sei nicht gekommen, um von ihnen Stimmen zu erbetteln, das hier sei »ein Familientreffen – nicht mehr und nicht weniger«. Er spreche seine Landsleute ja ungern auf Englisch an, denn das sei schließlich eine fremde Zunge, aber die Erfahrung habe ihn gelehrt, dass landessprachliche Reden von der Presse allzu leicht verzerrt und verfälscht würden. Außerdem seien Fremde im Publikum anwesend, die ihre Sprache nicht verstünden, und die wolle er nicht ausschließen. Sie alle seien Bürger unserer einen großen Nation, ob aus dem Hochland, dem Tiefland usw. usf.

Mit den ›Fremden‹ meinte er, glaube ich, vor allem Mrs Eleanor John, eine einflussreiche Parteigenossin von der Küste, die im Gefolge des Ministers mitreiste. Sie war stark geschminkt und parfümiert und zwar nicht mehr jung, aber bestimmt nicht ohne, im Zweifelsfall. Sie saß zur Linken des Ministers, rauchend und sich Luft zufächelnd. Neben ihr saß die wunderschöne junge Frau, die ich bereits erwähnt habe. Ich konnte nicht beobachten, dass die beiden überhaupt ein Wort oder nur einen Blick wechselten. Ich fragte mich, was ein so junges Ding in so abgebrühter Gesellschaft zu suchen hatte – als hätten sie sie unterwegs an einer Klosterschule aufgegabelt und ihr angeboten, sie bis zur nächsten mitzunehmen.

Stiel- und Stielaugen. Ehrlich, eure Mädchen sind *fine-o*, eine Wucht. Mann!«

Mir war auch aufgefallen, dass der Minister sie übergangen hatte, als er seine Begleiter den Lehrern vorstellte.

Ich weiß, es klingt albern, aber ich fragte mich, was aus der Mrs Nanga der Pfandfindertage geworden war. Die beiden waren damals frisch verheiratet gewesen. Ich erinnere mich deshalb so gut an sie, weil sie eine der ersten Frauen war, die ich einen der weißen Damenhelme tragen sah, die wir in unserer Unwissenheit *Helle* nannten und die damals der Gipfel der Eleganz waren.

ZWEITES KAPITEL

Landläufig hieß es nach der Unabhängigkeit, es komme nicht drauf an, was du könntest, sondern wen du kenntest. Und das kam weiß Gott nicht von ungefähr. Für einen wie mich, der sich nicht dazu herablassen wollte, einem *big man* die Stiefel zu lecken, war das ein echtes Problem. Das war auch einer der Gründe, weshalb ich diesen Lehrerjob mitten im Busch, an einer Privatschule, angetreten hatte, statt mir zielstrebig einen Beamtenjob in der Stadt zu sichern, mit Auto, Dienstwohnung usw. Ich wollte mir ein bisschen Freiheit bewahren. Als ich dem Minister daher von meinem Stipendiumsantrag für ein Aufbaustudium in London erzählte, wäre mir nicht im Traum eingefallen, ihn um Hilfe zu bitten. Das möchte ich unbedingt betonen. Ich war sowohl an der Höheren Schule wie auch an der Universität gefördert worden, und zwar aufgrund meiner Leistungen und ganz ohne Protektion. Außerdem kam es mir auf die Zusatzqualifizierung gar nicht so an. Für mich war das Wesentliche die Gelegenheit, nach Europa zu reisen, was doch an sich schon eine ganz eigene Bildung sein musste. Meinem Freund Andrew Kadibe, der im vergangenen Jahr das gleiche Studium absolviert hatte, schien es sehr viel gebracht zu haben. Ich meine damit nicht die weißen Frauen – die kannst du heute auch hier bei uns haben –, sondern mehr die kleinen Dinge. Ich weiß noch, dass er zum Beispiel erzählt hatte, für ihn sei an der ganzen Englandreise das Allergrößte der Moment gewesen, als zum ersten Mal in seinen siebenundzwanzig Jahren ein Weißer – ein Taxifahrer, glaube ich –

seinen Koffer getragen und ihn »Sir« genannt hatte. Er war so begeistert, dass er dem Mann zehn Shilling Trinkgeld gab. Darüber hatten wir sehr gelacht, und ich konnte es mir nur zu gut vorstellen.

So gern ich aber nach Europa wollte, ich würde dafür nicht meine Seele verkaufen oder irgendjemanden um Hilfe bitten. Es war der Minister selbst, der gegen Ende des Empfangs und ganz ohne mein Zutun auf die Sache mit dem Aufbaustudium zurückkam. (Ich hatte mir, im Gegenteil, alle Mühe gegeben, seine Aufmerksamkeit nicht neuerlich auf mich zu ziehen.) Und die Vorschläge, die er mir machte, erschienen mir auch in keiner Weise verfänglich. Er forderte mich auf, ihn in den Ferien in der Hauptstadt zu besuchen, dann würde er mal bei seinem Kabinettskollegen, dem zuständigen Minister für den Akademischen Auslandsdienst, anklopfen, ob sich da irgendwas machen ließe.

»Komm nur gleich bei Ferienbeginn«, sagte er. »Du kannst unsere Gästezimmer haben, da ist alles dabei – Schlafzimmer, Wohnzimmer, Badezimmer, Latrine – komplett abgeschlossen. Du kannst ganz für dich wohnen und tun, *was* du willst, du bist ganz für dich.«

»Hör nicht auf ihn, Darling, *make you no min am*«, sagte Mrs John zu mir. »Ich seh doch, *you na good boy.* Lass dich von dem nicht verderben. Ich halte nichts von diesem Schlaf- und Badezimmer-*business-o.* Sieh ihn dir an, den üblen Bastard. Wenn er sagt, bleib, dann lauf um dein Leben.«

Alle lachten.

»Eleanor, was machst du mich schlecht und ziehst meinen Namen vor allen Leuten in den Dreck. *Wetin I do you* – was hab ich dir getan? Jeder hier weiß, dass ich ein guter Christ bin. *No be so,* James?«

»So ist es, Sir«, bestätigte beflissen der Journalist.

Trotz der Witzelei war das Angebot des Ministers ernst gemeint, und er blieb dabei. Er sagte, es sei jedoch wichtig, dass ich gleich käme, weil er in etwa zwei Monaten in die Vereinigten Staaten reisen wolle.

»Die wollen mir dort einen Doktortitel verleihen«, erklärte er stolz. »Doktor der Rechte, LL D.«

»Großartig«, sagte ich. »Gratuliere.«

»Danke, Bruder.«

»Dann lautet der Titel des Ministers künftig: Chief the Honourable *Doctor* M. A. Nanga«, verkündete der Journalist feierlich und kam mir damit eine ganze Sekunde zuvor. Wir bejubelten alle die beeindruckende Anrede und ihren künftigen Träger.

»Kleiden mich doch gut, die Federn, oder?«, freute sich der Minister wie ein Kind, und wir alle versicherten, ja, unbedingt, ausgezeichnet.

»Aber noch besser hat es der Mann *name pass na* ›Chief the Honourable Alhaji Doctor Mongo Sego, MP‹«, meinte der Minister etwas bekümmert.

»Ja, nicht schlecht – *him own good too*«, räumte der unschlagbare Journalist ein, »aber *no pass you own* – nichts im Vergleich zu Ihnen, Sir, dem ›Chief the Honourable Dr. M. A. Nanga, MP, LL D‹, *na waa*! Besser geht's nicht.«

»Und was ist mit ›Chief Dr. Mrs?‹«, neckte ich.

»Geht nicht so von der Zunge«, sagte der Minister. »Zieht nicht.«

»Wieso denn nicht – *wetin wrong with am?*«, meinte Mrs John. »Bloß weil eine Frau den Titel kriegt, klingt er nicht? *I done talk say* – ich sag's ja schon lange: Nur zum Wählen haben die Frauen in unserem Land das gleiche Recht.«

»*No be so*, Madam«, entgegnete der Journalist. »Aber Sie müssen zugeben, dass ›Dr. Chief Mrs‹ nicht Musik in den Ohren ist, sondern Sandpapier. Das hat so gar keinen Klang.«

Vor seinem Aufbruch sorgte der Minister dafür, dass ich mir auch ja seine Privatadresse in der Hauptstadt notierte. Ich spürte Mr Nweges böse bohrenden Blick, als ich sie mir aufschrieb. Und die Abschiedsworte des Ministers waren auch kaum verklungen, da wandte er sich mir zu und fragte höhnisch, ob ich immer noch der Meinung wäre, man brauche mich keinem Minister vorzustellen.

»Was mir gegen den Strich ging, war bloß, mich wie ein Schüler anzustellen«, wand ich mich. »Außerdem brauchte mich niemand vorzustellen. Wir kannten uns schon.«

»Sie können von Glück reden, dass ich kein bösartiger Mann bin«, fuhr er unbeirrt fort, als hätte ich gar nicht gesprochen, »sonst hätte ich ihm erzählt …«

»Dann laufen Sie ihm doch schnell hinterher«, sagte ich. »Er kann noch nicht weit gekommen sein.« Und damit ließ ich den alten Speichellecker einfach stehen.

Aber als ich in Ruhe über das Vorgefallene nachdachte, musste ich zugeben, dass Mr Nwege schlecht gedankt war für seine ganzen Bemühungen. Ich glaube kaum, dass der Minister ihm für seine Belange auch nur einen Augenblick sein Ohr schenkte. Und es war unfein von Nanga gewesen, so unnötig laut in das ›Stoß-mich‹-Gelächter mit einzustimmen. Wenigstens dem Anschein nach hätte er keine Miene verziehen dürfen. Offenbar vergab der große Mann nicht so leicht, dass ihm kostbare Zeit gestohlen wurde für fremde Reden. Er hatte Mr Nwege den Rest des Tages demonstrativ links liegenlassen. Der arme Kerl! Er hatte vermutlich die Chance verspielt, in die neue Körperschaft zur Entsorgung schadhaften Staatseigentums aufgenommen zu werden, von der er sich wohl Ersatz für die noch schäbigere Ausstattung seiner Schule erhofft hatte. Wenn es also unfair von ihm war, seine Wut an mir auszulassen, so hatte er doch einigen Grund, sauer zu sein.

Ehrlich gesagt, hatte ihn sein Lehrerkollegium an diesem Nachmittag ziemlich hängenlassen. Abgesehen von dem Ärger mit mir war da die Sache mit dem ›M.A. mangelnde Aufstiegschancen‹ gewesen, die den Minister aus unerfindlichen Gründen anscheinend noch mehr vergrätzt hatte als Mr Nweges lange Rede. Aber letzteres Ärgernis hatte er wenigstens lachend überspielt. Und dann war, um Mr Nweges Nöten noch die Krone aufzusetzen, sein Oberlehrer, ein Mann in den Sechzigern, mit je einer Flasche Bier unter den Achseln aus der Lodge getürmt – zur Erheiterung aller bis auf Mr Nwege, der sich ja nicht in Unkosten gestürzt und zu dem gegenwärtig unmöglichen Preis Bier gekauft hatte, damit Mitglieder seines Kollegiums es stibitzten. Der Oberlehrer war übrigens ein lustiges altes Schlitzohr, das mit so manchem durchkam – notfalls auch, indem er den Clown spielte. Er war Stammgast in Josiahs Budenbar auf der anderen Straßenseite. Er hatte viel Sinn für Humor – etwa, wenn er scherzte, es dränge unseren Nachwuchs so sehr in die Bar Association of England and Wales, wo sie doch ohne Gedränge zu Josiah in die Bar gehen könnten.

Ich war abends im Begriff, meine Starklichtlampe anzuzünden, als es an der Tür klopfte.

»Wenn du hübsch bist, herein!«, rief ich.

»Ist Odili da?«, piepste eine unnatürlich hohe Stimme.

»Komm rein, Idiot«, sagte ich.

Es war ein alberner Streich, den Andrew und ich nicht müde wurden, einander zu spielen. Die Idee war, wie ein Mädchen zu klingen und dem anderen falsche Hoffnungen zu machen.

»*How the go de go?*«, fragte ich.

»*Bo!* Mann! Hundemüde.«

»Hast du etwas über das Mädchen rausgebracht?«, fragte ich.

»Wie kommt's, dass sich *so so* alles um *girl, girl, girl* dreht? *Wetin*? Mit dir kann man kein vernünftiges Wort mehr reden. So kenn ich dich gar nicht!«

»Na gut, du vollendeter Gentleman«, sagte ich und pumpte mehr Druck in den Zylinder. »Wer hier als Erster noch einmal was von Mädchen sagt, dem soll die Zunge abfallen. Wie ist das Wetter?« Er lachte.

In dem Augenblick schaute mein Boy Peter, trotz seiner fünfzehn Jahre schon ein durchtriebenes Kerlchen, herein, um zu fragen, was er zu Abend kochen solle.

»Wie, hast du die Dreiuhrnachrichten nicht gehört?«, fragte ich ihn mit gespieltem Ernst.

»Sir?«

»Es wurde gerade ein neues Gesetz erlassen: Wir dürfen nur noch zweimal *go de chop*. Es wird nur noch morgens und nachmittags gegessen. *Finish.*«

Er lachte.

»Das grenzt an die Unmöglichkeit«, meinte er. Peter mochte es wortgewaltig. Er hatte seinen Hauptschulabschluss, was ihm noch vor zwei, drei Jahren einen Job als Bürobote oder sogar Grundschullehrer ermöglicht hätte. Aber heutzutage gab es für Burschen wie ihn einfach keine Jobs mehr, und er konnte von Glück reden, zu einem Pfund im Monat für mich im Haushalt arbeiten zu können, dazu natürlich freie Kost und Logis. Die arbeitsfreie Zeit verbrachte er mit Lesen, allerdings war seine Lieblingslektüre recht zweifelhafter Natur. Einmal hatte ich ihn mit einem seltsamen Buch ertappt, das er sich gerade aus Indien hatte kommen lassen. Ich glaube, der Titel war *Schlüssel zum schwachen Geschlecht*, und er hatte dafür ganze zehn Shilling geblecht, zuzüglich Versandkosten aus Neu-Delhi. Ich hatte ihm ordentlich den Kopf gewaschen.

Mir fiel kein Gericht ein. Also trug ich ihm auf, mir ein paar Yams zu rösten.

»Geröstete Yams zu Abend?«, kreischte Andrew. »Wenn du dann mitten in der Nacht bei mir anklopfst, werde ich nicht aufmachen.«

Das war eine unfeine Anspielung auf die Nacht, in der ich arges Bauchgrimmen bekommen hatte, weil ich ein halbes Dutzend geröstete Maiskolben verdrückt hatte. Ich hatte es so mit der Angst zu tun gekriegt, dass ich Andrew aus dem Bett geklingelt und mich von ihm in seiner alten Rostlaube ins Krankenhaus hatte bringen lassen.

»Und was soll ich dann essen?«, fragte ich ihn.

»Bin ich deine Frau? Ist dir noch nie aufgefallen, wie viele junge Dinger auf Männer warten?«

»Keine Angst. Ich habe da schon eine im Sinn.«

»*True? Give me tori.* Erzähl. Wer? Und was nimmst du für ein Gedicht?«

»Das nämliche«, sagte ich, und da rezitierten wir zusammen die Zeilen, die ein gemeinsamer Bekannter für seine Hochzeitseinladung verfasst hatte:

> Die Kunde geht hinaus ins Land:
> Wir zwei stehn nun bereit
> Zu knüpfen mit dem goldnen Band
> Der Ehe heil'gen Bund.

»Da hör sich einer den *pickin* an«, empörte sich Andrew zum Schein, weil Peter kräftig mitlachte. »Du wagst es, mit den Erwachsenen zu lachen?«

»Sorry, Sir«, sagte Peter und schnitt eine Grimasse.

»Was soll ich deiner Meinung nach essen, Peter?«, fragte ich.

»Was immer Master wünscht. Zum Beispiel Jollof-Reis, Sir.«

Ich wusste Bescheid. Räumte man ihm ein Mitspracherecht ein, lief es unweigerlich auf Jollof-Reis hinaus – sein Leib- und Magengericht.

»Gut«, sagte ich. »Ein Becher Reis, nicht anderthalb, nicht eineinviertel.«

»Ja, Sir«, sagte er und zog zufrieden ab. Ich wusste, er würde mindestens zwei Becher nehmen.

»Wer ist sie?«, fragte ich.

»Wer?«

»Die junge Frau in Begleitung des Ministers.«

»Seine Freundin.«

»Verstehe.«

»Genau genommen, mehr als das. Er hat vor, sich mit ihr nach altem Brauch zu vermählen. Angeblich ist seine Missus für sein gegenwärtiges Amt zu ›Busch‹, also will er eine neue Vorzeigefrau, die bei seinen Partys die Gastgeberin spielt.«

»Schade. Von wem hast du das alles?«

»Irgendwem.«

»Schade. Auch wenn ich über das Mädchen weiter gar nichts weiß, finde ich, sie hätte es verdient, jemandes erste Frau zu sein – nicht die Nebenfrau eines alten Knackers. Aber es geht mich ja nichts an.«

»Er hat sie aufs Lehrerinnenseminar geschickt«, sagte Andrew. »Also verfolgt er den Plan mindestens schon ein paar Jahre. Mir tut sie leid; der Mann ist gewissenlos.«

Ich sagte nichts.

»Das muss man sich vorstellen: Ein bezauberndes junges Ding vergeudet sich an einen Hohlkopf wie den. Es war mir ein diebisches Vergnügen, ihn zu brüskieren! Hast du gesehen, wie fuchsteufelswild er war?«

»Ja«, sagte ich, »das saß.« In Wahrheit amüsierte mich, wie verzweifelt Andrew versuchte, sich selbst – und mich – davon zu überzeugen, dass er mit dem erklärten Vorsatz zu dem Empfang gegangen war, seinen hohlköpfigen *kontriman* zurechtzustutzen. Er vergaß offenbar nur zu gern, dass er mich zuvor bei der Lehrerkonferenz bei meinen Einwänden gegen Mr Nweges blödsinniges Vorhaben nicht hatte unterstützen wollen.

»Stell dir einen so kulturlosen Mann im Ausland als Kulturminister vor. Lächerlich. Genau wegen solcher Leute lacht das Ausland über uns.«

»Das stimmt«, sagte ich, »aber das Ausland ist nicht so entscheidend, oder? Jedenfalls scheren sich Leute wie Chief

Nanga keinen Deut um den Rest der Welt. Ihm geht es einzig und allein um unsere Welt, darum, sich den Rückhalt in seinem Wahlkreis zu sichern, und darin ist er verdammt gut, das musst du zugeben. Außerdem hat auch Churchill, wie er heute betonte, nie die School-Certificate-Prüfung gemacht.«

»Wie ich sehe, bleibt das Angebot der freien Unterkunft nicht ohne Wirkung.«

Ich lachte, und Andrew stimmte mit ein. Es zeigte sich mal wieder, dass er mich kannte wie kein Zweiter, im Gegensatz zu Mr Nwege. Mich wegen der Einladung des Ministers aufzuziehen war eine Sache, aber keinesfalls durfte irgendjemand denken, ein Odili Samalu würde sich dazu herablassen, auf unlautere Weise zu einem Stipendium zu kommen. Um es mit den Worten meines Boys Peter zu sagten, das ›grenzte an die Unmöglichkeit‹.

Andrew wusste natürlich, dass ich schon lange die Absicht hatte, in die Hauptstadt zu fahren, und er wusste auch von Elsie.

Tja, Elsie! Wo soll man da anfangen? Das Problem mit dem Schreiben einer solchen Geschichte ist, dass einem als Verfasser allerhand späte Einsichten zur Verfügung stehen, die man inmitten des Geschehens nicht hatte. Wenn man zum Beispiel eine Figur wie Elsie einführt, dann hat man bereits das Gesamtbild im Kopf: Auftritt, Rolle und Abgang. Und das schleicht sich womöglich schon in die ersten Sätze über sie ein. Ich kann nur hoffen, dass es mir, da ich mir der Gefahr bewusst bin, gelingt, sie zu bannen. So weit als menschenmöglich werde ich mich bemühen, nicht vorzugreifen.

Elsie war – und ist es nebenbei gesagt noch – die einzige Frau, mit der ich am selben Tag bekannt wurde und ins Bett ging – innerhalb von nur einer Stunde, genauer gesagt. Ich weiß, dass es schnellere Rekorde gibt, und ich will wieder prahlen, noch will ich irgendwen gegen Elsie einnehmen. Ich halte es nur deshalb fest, weil es eben so war. Es war in meinem letzten Halbjahr an der Universität, und ich musste mich, weil ich mit dem Büffeln wie immer bis zum letzten Moment gewartet hatte, ziemlich abrackern. Aber eines Abends hatte die christliche Studentenbewegung zu einer Party eingeladen, und ich beschloss, trotz des noch zu bewältigenden Pensums, hinzugehen und meinen Kopf auszulüften. Meist bin ich ein Pechvogel, aber an dem Abend war ich ein Glücksvogel. Ich entdeckte Elsie in einem Grüppchen Schwesternschülerinnen und hielt schnurstracks auf sie zu. Sie entpuppte sich als sehr munteres Mädchen und ganz neu an der Schule. Wir tanzten zweimal miteinander, dann schlug ich vor, wir könnten uns ein wenig von der lauten Highlife-Musik entfernen, und sie willigte ein. Wäre es mir überlassen gewesen, wäre an dem Abend wohl gar nichts passiert. Aber Elsie half unwissentlich nach. Sie sagte, sie habe Durst, und ich nahm sie auf einen Schluck Wasser mit zu mir auf die Bude.

Sie gehörte zu denen, die im entscheidenden Moment laut schreien. Das geschah jedes Mal wieder. Aber beim ersten Mal war es seltsam, weil sie dauernd »Ralph! Darling!« rief. Ich weiß noch, dass ich mich fragte: Wieso Ralph? Erst Wochen später erfuhr ich, dass sie mit irgendeinem Spinner namens Ralph verlobt war, einem Medizinstudenten in Edinburgh. Und prompt nannte mich mein Zimmernachbar – so ein Überflieger der Literaturwissenschaft und mit Abstand der skrupel- und charakterloseste Weiberheld auf dem ganzen Campus – nur noch Ralph. Er selbst war unter den Studenten vor allem unter seinem Spitzenamen bekannt, nämlich Oppo, für opportunistisch. Seine größte Eroberung war eine Vordimplomsstudentin, die so unnahbar schien, dass die Jungs sie den Tresor nannten. Das rief Oppo auf den Plan, und er schwor seinen Freunden, er werde sie in null Komma nix knacken. Eines Nachmittags sahen wir sie sein Zimmer betreten. Auf unserem Flur stieg die Spannung, und es sprach sich in Windeseile herum, bis wir schließlich draußen im Pulk herumlungerten und warteten. Eine halbe Stunde später erschien Oppo schweißtriefend, zog die Tür leise hinter sich zu und hielt ein Kondom prallvoll mit ekligem Sperma hoch. So war Oppo – ein wahres Monstrum. Ich habe den Verdacht, ich war geschmeichelt, dass dieser Steher Notiz von Elsies Schrei nahm. Als ich ihm später gestand, dass Ralph der Name des eigentlichen Freundes des Mädchens sei, ging er prompt dazu über, mich Ralphs Assistenten zu nennen oder, in Elsies Gegenwart, einfach R. A.

Trotz des etwas überstürzten Auftakts wurden Elsie und ich sehr gute und enge Freunde. Ich kann nicht behaupten, dass ich je ans Heiraten gedacht hätte, aber ich gestehe, dass ich bald ein bisschen eifersüchtig wurde, wenn sie wieder und wieder den blauen britischen Luftpostbrief las mit dem roten Queen-and-Houses-of-Parliament-Stempel hinten drauf. Elsie war ein so hübsches, fröhliches Mädchen, und sie stellte keinerlei Forderungen.

Als ich von der Uni abging, war sie am Boden zerstört und ich für meinen Teil auch. Wir wechselten jede Woche oder spätestens alle zwei Briefe. Ich weiß noch, dass ich während des Poststreiks von 1963, als ich über einen Monat lang nichts von ihr hörte, fast ins Gras biss, wie Peter sich ausgedrückt hätte.

Inzwischen arbeitete sie in einem Krankenhaus etwa zwölf Meilen außerhalb von Bori, und wir hatten vereinbart, dass ich meine nächsten Ferien in der Hauptstadt verbringen und hin und wieder mit dem Bus zum Krankenhaus hinausfahren würde, während sie wiederum an ihren freien Tagen in die Stadt käme. Das Angebot des Ministers kam daher zu einem denkbar günstigen Zeitpunkt. Ich hatte natürlich den einen oder anderen Junggesellenfreund in der Hauptstadt, der mich problemlos hätte unterbringen können. Aber eine eigene Gästewohnung mit allen Schikanen war natürlich nicht drin.

Nach dem Besuch des Ministers versuchte ich noch tagelang zu ergründen, weshalb ihn der alte Spitzname ›M. A. mangelnde Aufstiegschancen‹ so gekränkt hatte. Warum ich von diesem unwichtigen Mist so besessen war, weiß ich selbst nicht. Aber so geht es mir oft: Mir kommt irgendein ziemlich sinnloser Gedanke oder eine banale Melodie unter, die ich mich normalerweise schämen würde zu pfeifen, wie diesen Radio-Jingle für das Wurmmittel, und dann werde ich den einfach nicht mehr los.

Als ich Mr Nanga damals 1948 kennenlernte, schien er sich an dem Spitzenamen nicht groß zu stören. Ich habe sogar den Verdacht, dass er ihn selbst in Umlauf gebracht hatte. Er machte ihm jedenfalls Spaß. Weil er M. A. Nanga war, nannten ihn seine Kollegen schlicht und sehr freundschaftlich M. A., worauf er erwiderte: »mangelnde Aufstiegschancen«, was er ja nicht hätte tun brauchen, wenn ihm nicht danach gewesen war. Warum also jetzt die wütende Reaktion? Ich erklärte es mir schließlich mit der allgemein intellektuellenfeindlichen Stimmung im Land. 1948 hatte Mr Nanga noch, wie spöttisch auch immer, eingestehen können, dass es ihn insgeheim nach höherer Bildung verlangte; 1964 verkündete er aller Welt tapfer, ein Mann wie er sei ohne viel besser dran. Aber er war offenbar nicht restlos überzeugt, sonst hätte ihn der LL D nicht so begeistert, den irgendein kleines Hinterwaldcollege für ihn aus dem Hut zauberte.

DRITTES KAPITEL

Bevor ich die lange Reise in die Hauptstadt antrat, wollte ich noch kurz in meinem Heimatdorf Urua vorbeischauen, rund fünfzehn Meilen von Anata. Ich hatte zwei, drei Dinge mit meinem Vater zu besprechen, vor allem aber wollte ich meinen Boy Peter über die Schulferien zurückbringen, wie ich das seinen Eltern hatte versprechen müssen, ehe sie ihn mir überließen.

Peter konnte es natürlich kaum erwarten, nach fast zwölf Monaten heimzukehren – als Verdiener. Zunächst musste ich schmunzeln, als er über die Straße in Josiahs Budenbar lief, wo er für seine Mutter ein traditionelles afrikanisches *gele* aus Kunstseide und für seinen Vater gebündelte Tabakblätter erstand. Bei genauerer Überlegung aber wurde mir klar, wie deutlich diese rührende Geste eines halben Kinds, dem ich zwanzig Shilling im Monat zahlte, den Unterschied zu meinen ganz anderen Verhältnissen aufzeigte. Und da wurde ich neidisch. Ich hatte keine Mutter, der ich ein Kopftuch kaufen konnte, und einen Vater zwar schon, aber dem etwas zu geben war, als würde man ein paar Tropfen Wasser in einen trockenen Brunnen gießen.

Meine Mutter war seine zweite Frau gewesen und gleich bei der Geburt ihres ersten Kindes gestorben. Das machte mich in den Augen meiner Leute zu einem vom Pech verfolgten oder gar regelrecht schlechten, verhexten Kind. Nicht, dass mein Vater das je offen gesagt hätte. Zum einen hatte er zu viele andere Frauen und Kinder, um sich besonders viel mit mir abzugeben. Aber ich war von jeher empfindsam gewesen, und so wusste ich ziemlich früh, dass irgendetwas an meiner Lage nicht stimmte. Die erste Frau meines Vaters, die wir alle Mama nannten, zog mich ebenso auf wie ihre eigenen Kinder, und trotzdem spürte ich, dass mir etwas fehlte. Eines Tages nannte mich ein Spielkamerad im Streit ›böses Kind, das seiner Mutter den Schädel zermalmt hat‹. Damit war's raus.

Ich will damit nicht sagen, dass meine Kindheit unglücklich oder einsam war. Wir waren in der Familie einfach zu viele, als dass von Einsamkeit oder Unglück die Rede sein konnte. Und eines muss ich meinem Vater lassen: Nie hat er einer seiner Frauen gestattet, zwischen ihren eigenen und den Kindern der anderen einen – und sei es haarfeinen – Unterschied zu machen. Wir hatten nur eine Mama. Die beiden anderen Frauen (damals, inzwischen sind es mehr) wurden von ihren eigenen Kindern Mutter gerufen und von den anderen Mutter von so und so.

Als ich dann alt genug war, die ersten paar weisen Sprüche zu verstehen, begriff ich natürlich, dass eigentlich ich hätte sterben und meine Mutter am Leben lassen müssen. Wann immer bei uns die Leute eine Frau trösten wollen, deren Kind während oder kurz nach der Geburt gestorben ist, dann sagen sie, sie möge ihre Augen trocknen, weil verschüttetes Wasser besser sei als ein zerbrochener Krug. Wohinter die Vorstellung steckt, dass man einen heilen Krug jederzeit wieder an den Fluss tragen kann.

Mein Vater war District-Dolmetscher. Zu Zeiten, als keiner in der Sprache des weißen Mannes auch nur das Wort ›komm‹ verstand, war der District Officer die höchste Gottheit, und sein Dolmetscher der wichtigste Untergott, der Ihm die Gebete und Opfer der Leute darbrachte. Jeder vernünftige Bittsteller wusste, dass erst der kleinere Gott mildgestimmt werden musste, bevor er sich für einen bei dem Besitzer des Himmels verwenden konnte.

Also waren Dolmetscher damals mächtig, sehr wohlhabend, weithin bekannt und verhasst. Wo immer man die Macht des District Officer zu spüren bekam – und das hieß überall –, da erzitterte man vor dem Namen des Dolmetschers.

Wir wuchsen im Wissen auf, dass die Welt voller Feinde war. Überall deponierte unser Vater an strategischen Stellen im Haus und auf dem Hof Abwehrmittel. Ein solches hing meiner Erinnerung nach über dem Haupttor, aber das stärkste ruhte in einer Kalebasse in der Ecke seiner Schlafkammer. Nie hätte ein Kind dieses Zimmer allein betreten; es war ohnehin stets verriegelt. Man verbot uns, bestimmte Höfe zu besuchen, und man wies uns extra auf Leute hin, von denen wir keine Speisen annehmen durften.

Aber wir hatten auch unzählige Freunde. Es gab ja die vielen Leute, die meinem Vater Geschenke machten: Yams, Krüge voll Palmwein oder europäische Alkoholflaschen, Ziegen, Schafe, Hühner. Oder die, die uns ihre Kinder als Hausboys überließen und ihre künftigen Bräute zu uns schickten, damit wir sie die moderne Haushaltsführung lehrten. In unserer vielköpfigen Familie kam also immer Fleisch auf den Tisch. Eine Zeitlang, weiß ich, schlachtete mein Vater jeden Samstag eine Ziege, mehr als andere Familien in zwei Jahren, und durch diesen unübersehbaren Wohlstand zogen wir natürlich Neid und Missgunst auf uns.

Aber erst viele Jahre später offenbarte sich mir so flüchtig wie verstörend, wie sehr ein Dolmetscher tatsächlich gehasst werden konnte. Ich war inzwischen auf der Höheren Schule, und wir hatten kurze Ferien. Weil es zu meinem Dorf zu weit war und ich keine Lust hatte, die freien Tage in der Schule zu verbringen, beschloss ich, einen Freund nach Hause zu begleiten, nur vier oder fünf Meilen weiter. Seine Eltern freuten sich über unser Kommen, und seine Mutter verschwand gleich, um Yams für uns aufzusetzen.

Wir hatten gerade zu Ende gegessen, als der Vater, der schnell losgezogen war, um sich Schnupftabak zu besorgen, zurückgeeilt kam. Zu meiner Überraschung fragte er seinen Sohn noch einmal nach meinem Namen.

»Odili Samalu.«

»Aus welchem Dorf?«

In seiner Stimme schwang Besorgnis und Unruhe mit. Ich erschrak.

»Urua, Sir«, sagte ich.

»Verstehe«, sagte er kalt. »Wer ist dein Vater?«

»Hezekiah Samalu«, antwortete ich und fügte rasch hinzu, »ehemaliger District-Dolmetscher.« Besser, gleich mit der ganzen Wahrheit herauszurücken, dachte ich, und das Verhör nicht unnötig zu verlängern.

»Dann kann ich dich unter meinem Dach nicht dulden«, sagte er mit der ebenen Stimme, die wir hierzulande von einem Mann von Format in kritischer Lage erwarten, wo weniger fähige Männer und Frauen viel Wind und Lärm machen.

»Aber, Papa, was hat er denn getan?«, fragte mein Freund entsetzt.

»Schweig … dir gebe ich keine Schuld, mein Sohn, noch dir, weil es euch niemand gesagt hat. Aber ich erkläre es hiermit ein für alle Male: Kein Sohn des Hezekiah Samalu wird je unter meinem Dach willkommen sein.« Er blickte hinaus. »Du hast noch genug Licht und Zeit, um zur Schule zurückzugelangen.«

Ich werde wahrscheinlich nie erfahren, welches Unrecht mein Vater diesem Mann angetan hat. Ein paar Wochen später, als wieder Ferien waren, versuchte ich, es aus ihm herauszukitzeln, doch mein Vater hielt mir bloß eine Standpauke, weil ich herumlümmelte, statt mich über die Bücher zu beugen, die zu kennen er mich schließlich zur Schule schickte.

Ich war damals erst fünfzehn, und es sollten noch etliche

Jahre vergehen, ehe ich gelernt hatte, mich gegen ihn zu behaupten. Was ich ihm aber schon damals hätte entgegnen sollen, war, dass er mich nirgendwohin geschickt hatte. Ich verdankte den Schulbesuch allein meinem Stipendium. Mit der Universität war es später das Gleiche.

Das Problem bei meinem Vater war seine unersättliche Gier nach Frauen und Kindern. Oder vielleicht sollte ich lieber sagen, Kindern und Frauen. Gegenwärtig hat er fünf Frauen – die jüngste selbst noch ein halbes Kind, das er sich letztes Jahr genommen hat. Dabei ist er mindestens achtundsechzig, wenn nicht siebzig. Er erhält eine kleine Rente, die vollkommen ausreichend wäre, wenn er eine kleine Familie und nicht fünfunddreißig Kinder hätte. Allerdings tut er inzwischen nicht einmal mehr so, als sorgte er für die Familie. Die jeweiligen Frauen müssen selbst sehen, wie sie sich durchschlagen. Für die älteren wie Mama, deren erwachsene Kinder zum Unterhalt beitragen, ist es nicht so schlimm, aber die jüngeren müssen das Schulgeld für ihre Kinder mit dem Anbau von Feldfrüchten und ihrem bisschen Handel bestreiten.

Der alte Mann beschränkt sich darauf, jeden Morgen einen Krug Palmwein zu kaufen und hin und wieder eine Flasche Schnaps. Kürzlich hat er sich auf die Dorfpolitik gestürzt und ist jetzt Ortsvorsitzender der POP.

Zwischen meinem Vater und mir war es vor etwa achtzehn Monaten zum bislang schlimmsten Eklat gekommen, als ich ihm auf den Kopf zusagte, er sei verrückt, sich eine fünfte Frau nehmen zu wollen. In meinem Zorn warf ich ihm vor, nur Ärger auf die hohe Kante zu legen. Das waren natürlich tadelnswerte Worte. Sie bedeuteten, dass ich mit seinem baldigen Ableben rechnete, was taktlos war und gemein. Wäre nicht Mama dazwischengegangen, hätte er mich vermutlich verflucht. So aber begnügte er sich damit, zu schwören, er werde nie wieder einen Penny von mir nehmen, weil er für mich ja keineswegs Ärger beiseitelegen wolle. Mama überredete mich zu einem Versöhnungsversuch, und ich musste ihn auf Knien um Vergebung bitten und als Friedensangebot eine Flasche Schnaps, zwei Flaschen White Horse und eine Flasche Martell überreichen.

Gegenwärtig herrschte also technisch zwischen uns Frieden, und ich wollte ihm meinen Plan mit dem Aufbaustudium darlegen. Ich wusste schon vorher, was er sagen würde. Er würde mir sagen, dass ich mehr als genug Bildung hätte, dass heutzutage die wichtigen Leute im Land – Minister, Geschäftsmänner, Parlamentsabgeordnete usw. – nicht halb so gebildet wären wie ich. Dann würde er mir zum hundertsten Mal sagen, ich solle diesen »albernen Lehrerjob« lassen, mir einen anständigen Regierungsposten besorgen und mir ein Auto zulegen.

Letzten Endes traf ich exakt vier Wochen nach der überraschenden Einladung Chief Nangas in der Landeshauptstadt Bori ein. Obwohl ich brieflich mitgeteilt hatte, wann ich kommen würde, und noch ein Telegramm hinterhergeschickt hatte, war ich mir dennoch unsicher, als ich dem Taxifahrer am Morgen großspurig die Adresse nannte und mich zurücklehnte. Ich fürchtete, ein Mann von dem lässigen Charme und der landesweiten Beliebtheit eines Chief Nanga werfe womöglich jeden Tag mit solchen Einladungen nur so um sich, ohne sich dabei groß was zu denken. War es leichtsinnig, ihn beim Wort zu nehmen? Jedenfalls hatte ich vorsichtshalber einem alten Freund geschrieben, einem frischgebackenen Anwalt, der mit einer eigenen Kanzlei herumkrebste. Ich würde sehr genau auf Nangas Reaktion achten und notfalls gleich am nächsten Tag weiterziehen, als wäre das von vornherein der Plan gewesen.

Wir fuhren vor der Residenz des Ministers vor, und mein Unbehagen wuchs, als ein einäugiger Gefolgsmann den Wagen anhielt und mich eindringlich musterte.

»Wen suchen Sie?«, knurrte er.

»Chief Nanga.«

»Haben Sie einen Termin?«

»Das nicht, aber …«

»Motor abstellen. *I go haskam*, ob er Sie sehen will. *Wetin be your name?*«

Zum Glück kam der Minister, der es sich offenbar mit seiner Familie im Salon gemütlich gemacht hatte, an die Tür, lief gleich herbei, als er mich sah, und drückte mich an seine Brust. Dann kamen auch seine Frau und drei seiner Kinder hinterhergetappt und stimmten in die freudige Begrüßung mit ein.

»Komm rein, komm rein«, sagte der Minister. »Wir warten schon den ganzen Morgen auf dich. Fühl dich bei uns wie zu Hause.«

Ich wandte mich rasch dem Taxifahrer zu, um das Fahrgeld zu bezahlen. »Aber nein!«, rief mein Gastgeber. »Geh du schon mal rein. Ich regele das mit dem Fahrer. Er ist mein guter *frien, no be so?*«

»Ja, Sir, Master«, bestätigte der Fahrer, der mir bis dahin ausgesprochen unfreundlich erschienen war. Jetzt grinste er breit und zeigte seine nikotin- und kolaverfärbten Zähne.

Für eine siebenfache Mutter, deren Ältester sechzehn oder siebzehn war, machte und macht Mrs Nanga noch immer eine sehr gute Figur. Ihr Gesicht war mir, anders als das ihres Mannes, nicht sonderlich in Erinnerung geblieben. Doch jetzt bei unserem Wiedersehen war alles wieder da. Sie war natürlich etwas stattlicher geworden – fast matronenhaft. Ihr Gesicht war eines der freundlichsten, die mir je begegnet sind.

Sie führte mich in die Gästesuite und befahl mir praktisch, mich in der Badewanne zu entspannen, während sie etwas zu essen zubereitete.

»Es dauert nicht lange«, versicherte sie, »die Suppe ist schon fertig.«

Eine Kleinigkeit vielleicht, aber sie fiel mir gleich auf: Während Mr Nanga stets Englisch oder Pidgin sprach und seine Kinder, die, wie sich herausstellte, teure Privatschulen unter der Leitung europäischer Damen besuchten und makelloses Englisch sprachen, blieb Mrs Nanga unserer einheimischen Sprache treu – mit gelegentlichen englischen Einsprengseln.

Mein Gastgeber ließ wirklich nichts anbrennen. Noch am selben Nachmittag forderte er mich gegen fünf Uhr auf, mich umzuziehen und ihn zum Honourable Simon Koko zu begleiten, dem zuständigen Minister für den Akademischen Auslandsdienst. Kurz zuvor war einer dieser zu der Jahreszeit seltenen Dezemberregen niedergegangen, die unweigerlich den kalten Harmattan ankündigen. Es war ein kräftiger Guss gewesen, von viel Wind begleitet, und die Straßen waren deshalb mit verwehten Blättern übersät und gelegentlich halb durch abgebrochene Äste versperrt; auch auf umgestürzte Telegraphenmasten und gelockerte Hochspannungsleitungen musste man achten.

Chief Koko, ein dicker, jovialer Mann in einer weiten, handgestrickten rotgelben Jacke hatte einen Kaffee vor sich stehen. Er fragte uns, ob wir auch einen wollten oder lieber einen Drink.

»Ich halte anders als ihr *black white-men* nicht viel von Tee und Kaffee in der Nachmittagshitze«, sagte Chief Nanga. »Whiskysoda für mich und Mr Samalu.«

Chief Koko erklärte, dass nichts den Magen so wärme wie heißer Kaffee, und verlieh dieser Überzeugung durch lautes, langes Schlürfen und ein zufriedenes *Ahh!* Nachdruck. Doch dann ließ er Tasse und Untertasse achtlos auf den Spirituosenwagen neben seinem Sessel krachen und sprang wie vom Skorpion gestochen auf.

»Sie haben mich umgebracht!«, klagte er, rang die Hände, atmete schwer und geräuschvoll und verdrehte die Augen. Chief Nanga und ich schossen erschrocken hoch und fragten unisono, was nur los sei. Aber unser Gastgeber heulte nur immerzu, sie hätten ihn umgebracht, und jetzt könnten sie losziehen und feiern.

»Was hast du nur, Si?«, rief Chief Nanga und legte ihm den Arm um den Hals.

»Sie haben meinen Kaffee vergiftet«, keuchte er und brach endgültig zusammen. Da stürzte der Butler, vom Geschrei seines Herrn alarmiert, herein.

»Wer hat meinen Kaffee vergiftet?«, schrie Chief Koko.

»Nicht *me-o*!«

»Ruf den Koch!«, brüllte der Minister. »Sofort. Ich bringe ihn um, ehe ich sterbe. Hol ihn.«

Der Butler stürzte wieder hinaus und kehrte bald zurück, um zu melden, dass der Koch außer Haus sei. Der Minister sackte in seinen Sessel und stöhnte und hielt sich den Bauch. Dann eilte sein Leibwächter, den wir in Cowboykluft am Tor gesehen hatten, herbei und jagte, als er hörte, was passiert war, wie ein geölter Blitz dem Koch hinterher.

»Wir sollten einen Arzt holen«, sagte ich.

»Genau!«, rief Chief Nanga erleichtert, ließ von seinem Freund ab und eilte ans Telefon. Ans Telefon hatte ich gar nicht gedacht.

»Was nützt ein Arzt?«, stöhnte unser vergifteter Gastgeber. »Kennen die sich mit afrikanischen Giften aus? Sie haben mich umgebracht. Was habe ich ihnen jemals getan? War ich ihnen was schuldig? O! O! O! Was habe ich getan?«

Inzwischen versuchte Chief Nanga, einen Arzt zu erreichen, ohne viel Erfolg offenbar. Er drohte irgendeinem unsichtbaren Gegner lauthals mit sofortiger Entlassung.

»Hier spricht Chief the Honourable Nanga«, sagte er. »Sie mache ich fertig. Idiot. Das ist das Problem in diesem Land. Sie werden schon sehen, warten Sie nur. Schwachkopf …«

Jetzt zerrte der Cowboyleibwächter den Koch am Kragen herein. Der Minister warf sich mit einer Behändigkeit auf ihn, die seinen Leibesumfang und seine moribunde Verfassung Lügen strafte.

»Warten Sie, Master!«, flehte der Koch.

»Warten?! Für dich?!«, schrie sein Arbeitgeber und wollte ihn packen. »Was tust du Gift in meinen Kaffee?« Sein gewaltiger Körper bebte wie Wackelpudding.

»Ich? Dem Master? Nichtsdesto!«, rief der Koch und wich einem gewaltigen Hieb des Ministers aus. Dann zog er sich mit beeindruckender Geistesgegenwart aus der Affäre. (Offenbar hatte ihn der Cowboy bereits über sein Vergehen aufgeklärt.) Er warf sich auf die Tasse Kaffee, packte sie und leerte sie bis auf den letzten Tropfen. Schlagartig war es mucksmäuschenstill. Wir wechselten überraschte Blicke.

»*Why I go kill master?*«, fragte er sein unterdessen um einiges gefassteres Publikum. »Bin *abi* nicht richtig im Kopf? Und wenn *I de craze,* würd ich nicht eher mit den eigenen Füßen ins Wasser gehen, als meinen Master umbringen?« Seine Worte überzeugten. Er erklärte sodann das Geheimnis des Kaffees. Der Nescafé, den der Minister gewöhnlich trank, war beim Frühstück ausgegangen, und er hatte keine Zeit gehabt, eine neue Dose zu besorgen. Er hatte daher seinen eigenen, heimischen Kaffee verwendet, den er vom OHMS hatte.

Das verlieh dem Vorfall einen ironischen Dreh, den keiner der beiden Minister zu bemerken schien. OHMS – Our Home Made Stuff – war der Slogan der landesweiten Kampagne der Regierung zur Förderung des Absatzes heimischer Produkte. Presse, Rundfunk und Fernsehen beschworen ständig alle Patrioten, die gemeinsame nationale Anstrengung zu unterstützen, die, wie sie sagten, der Schlüssel zur ökonomischen Emanzipation sei, ohne die wiederum unsere hart errungene politische Freiheit eine Fata Morgana bliebe. Mit Lautsprechern bestückte Fahrzeuge versorgten das Land flächendeckend mit neuen Jingles, zu denen sie in den Städten wie auf dem Land ihre Waren losschlugen. In der Bevölkerung hießen diese Fahrzeuge und nicht die Waren, die sie beworben, OHMS. Von einem solchen hatte offenbar der Koch den Kaffee gekauft, der ihn fast den Kragen gekostet hatte.

Nachdem nun die Angelegenheit zu jedermanns Zufriedenheit geklärt war, schämte ich mich sogleich für Chief Koko. Hätte mich jemand gefragt, hätte ich sehr deutlich für einen sofortigen Aufbruch plädiert. Aber mich fragte niemand. Stattdessen begann Chief Nanga, seinen Kollegen aufzuziehen.

»Ha, Si!«, sagte er. »Auch du fürchtest den Tod. Bei so einer Kleinigkeit schreist du ›*They done kill me, they done kill me!*‹. Wie einer, den der Skorpion beißt.«

Er wandte mir das Gesicht zu, wahrscheinlich eine Aufforderung, mitzulachen. Ich sah schnell weg und richtete den Blick aus dem Fenster.

»*Why I no go fear* – wie auch nicht?«, meinte Chief Koko mit einem verlegenen Lachen. »Hättest du dir an meiner Stelle etwa nicht in die Hosen gemacht?«

»Quatsch! *Why I go fear*? Wieso? Hab ich etwa jemanden umgebracht?«

So ging es noch eine ganze Weile hin und her. Ich trank still von meinem Whisky und mied ihre Blicke. Aber bei mir dachte ich, dass Chief Nanga, so sehr er jetzt den Maulhelden gab, selbst zu Tode erschrocken gewesen war – siehe seine laute, übellaunige Panik am Telefon. Und ich glaube kaum, dass seine Sorge Chief Koko galt. Ich vermute vielmehr, dass er sich persönlich bedroht fühlte. Bei uns sagt man gern, der Sklave, der seinen Nebenmann in einem flachen Grab landen sieht, weiß, dass ihm über kurz oder lang das Gleiche blüht.

Natürlich fand sich unter den Umständen keine Gelegenheit, mein Stipendium anzusprechen. Schweigend fuhren wir zurück. Ein einziges Mal wandte sich Chief Nanga an mich und sagte: »Wenn irgendjemand zu dir kommt und dich zum Minister machen will, sieh zu, dass du Land gewinnst. *True.*«

Am Abend aß ich mit Mrs Nanga und den Kindern, weil der Minister zu einem Botschaftsempfang musste und anschließend noch irgendwo zu einer Parteiversammlung.

»Jede Frau eines Ministers«, sagte seine Gefährtin, als wir vor dem Fernseher saßen, »wäre mit einem Nachtwächter besser dran.«

Wir lachten. Es lag kein Vorwurf in ihren Worten. Ohne Frage war sie eine ergebene, eher häusliche Ehefrau und mit dem Preis für die Größe ihres Mannes einverstanden. Davon würde sie nie abrücken.

»Es muss doch nett sein, zu den ganzen Botschaftsabenden zu gehen und die großen Nummern zu treffen«, sagte ich scheinheilig.

»Was soll daran nett sein?«, entgegnete sie energisch. »Neun-Pence-Gerede und Drei-Pence-Verpflegung … ›Hallo, *hawa you*. Sehr erfreut.‹ Alles Theater – *All na lie lie.*«

Ich lachte herzlich, dann stand ich auf und gab vor, die vielen Familienfotos an den Wänden zu bewundern. Ich fragte Mrs Nanga hiernach und danach und näherte mich langsam dem einen Foto auf der Musiktruhe, das mir vormittags gleich bei meiner Ankunft ins Auge gesprungen war. Es war die schöne junge Frau, die ich in Anata in der Entourage des Chiefs gesehen hatte.

»Ist das eine Schwester?«, fragte ich.

»Edna. Nein, sie ist unsere Frau.«

»Ihre Frau? Wie meinen Sie?«

Sie lachte. »Wir kriegen eine zweite Frau, die mir hilft.«

Was Regierungskritikern zu den Amtssitzen der Minister immer gleich einfällt, sind die sieben Schlaf- und sieben Badezimmer: eines für jeden Wochentag. Ich kann nur sagen, dass mir an diesem ersten Abend nach Kritik nicht der Sinn stand. Ich war hypnotisiert von dem Luxus der großen Suite, die man mir überließ. Als ich mich auf das Doppelbett legte und wie auf einem Luftkissen zu schweben schien und als ich die Leselampe anknipste und die vielen herrlichen Möbel noch einmal aus der Rückenlage betrachtete, dann durch die offene Tür das blitzende Badezimmer mit Handtüchern so groß wie unsere Wickeltücher, die traditionellen *lappa*, musste ich zugeben: Wenn ich auf der Stelle zum Minister ernannt würde, läge mir vor allem daran, es auf immer zu bleiben. Vielleicht sollte ich Gott danken, dass ich keiner war. Wir leugnen die wahre Natur des Menschen, wenn wir wie manche Kritiker behaupten, gerade ein Mann wie Nanga, der es über Nacht aus größter Armut und aus der Bedeutungslosigkeit zu solchem Überfluss gebracht hat, müsste doch leicht zu bewegen sein, das alles wieder aufzugeben und zum früheren Stand der Dinge zurückzukehren.

Ein Mann, der eben erst Zuflucht vor dem Regen gefunden, der sich abgetrocknet und umgezogen hat, wird weniger bereitwillig zum zweiten Mal hinausgehen als derjenige zum ersten Mal, der die ganze Zeit drinnen im Trockenen saß. Das Problem mit unserer neuen Nation – erkannte ich dort auf dem bequemen Bett – war, dass keiner von uns lange genug drinnen gewesen war, um sagen zu können »Scheiß drauf«. Wir hatten allesamt bis gestern noch im Regen gestanden. Dann hatte sich eine Handvoll – die Cleveren, die vom Glück Begünstigten und beileibe nicht die Besten – unter das einzige Dach retten können, das uns die früheren Herrn ließen, und hatte sich drinnen verschanzt. Und von dort versuchten diese paar wenigen, uns Übrige mit zahllosen Lautsprechern davon zu überzeugen, dass die erste Etappe des Sieges unser sei und die nächste – der Ausbau des Dachs – noch weit wichtiger sein und neue und findige Strategien verlangen werde, nämlich dass aller Streit ein Ende habe und das ganze Volk mit einer Stimme spreche, da weiterer Dissens und Streit draußen das ganze Haus untergraben und zum Einsturz bringen könnte.

Unnötig zu sagen, dass ich nicht die ganze Nacht auf dieser gedanklichen Höhe verbrachte. Ich dachte vor allem an Elsie, so sehr, ehrlich gesagt, dass ich mitten in der Nacht aufstehen und die Pyjamahose wechseln musste.

VIERTES KAPITEL

Mir macht es eigentlich nichts aus, spät ins Bett zu kommen, dagegen einiges, früh aufstehen zu müssen. Ich schlief noch fest, als ich an meinem ersten Morgen in der Hauptstadt die Stimme des Ministers vernahm. Ich schlug die Augen auf, rang mir ein Lächeln ab und wünschte einen guten Morgen.

»Faulpelz«, meinte er nachsichtig. »Aber schon gut. Du bist nach der gestrigen Reise bestimmt hundemüde. Wir sehen uns später. Ich fahre jetzt ins Büro.« Frisch wie ein neuer Shilling stand er in seinem makellosen weißen Gewand vor mir. Dabei war er gestern oder vielmehr heute Morgen erst um zwei Uhr nach Hause gekommen! Mich hatte in der Nacht das Knirschen der Autoreifen im Kies der Auffahrt geweckt, und ich hatte einen Blick auf das Ziffernblatt meiner mit Diamantsplittern besetzten Uhr geworfen, die ich oft vergaß abzunehmen, selbst im Bad. Ich hatte sie gerade erst gekauft und glaubte der Behauptung, sie sei alles-fest. Heute weiß ich es besser. Aber um auf Chief Nanga zurückzukommen: Dass er ins Büro fuhr, kam mir komisch vor. Es klingt albern, das von einem Kabinettsmitglied zu sagen, aber in meiner Vorstellung passte Nanga schlecht zu einem Schreibtisch und Akten. Sein Element schien eher das Leben draußen, wo er Menschen treffen und für sich einnehmen konnte. Aber so war es: Er fuhr pünktlich um acht ins Ministerium.

So sehr ich Mrs Nanga bereits schätzte und bewunderte, gebe ich zu, dass ich insgeheim froh war, als sie mir beim Frühstück eröffnete, sie werde in drei Tagen mit den Kindern nach Anata aufbrechen. Offenbar bestand der Minister darauf, dass der Nachwuchs mindestens einmal im Jahr sein Heimatdorf besuchte.

»Das ist sehr weise«, sagte ich.

»Sonst«, sagte Mrs Nanga, »werden sie noch ganz englisch. Haben Sie nicht bemerkt, dass sie kaum noch unsere Sprache können? Fragen Sie sie irgendwas in unserer Heimatsprache, dann antworten sie auf Englisch. Der Kleine, Micah, nennt meine Mutter eine ›schmutzige Buschfrau‹.«

»Das ist ja furchtbar!«, sagte ich und musste lachen, obwohl es nicht lustig war.

»Ich habe ihn natürlich geohrfeigt, bis er Okra spuckte«, erklärte Mrs Nanga stolz. »Mir lastete auf der Seele, was meine Mutter zum Glück nicht hören konnte.«

»Ja, es ist sicher gut, dass Sie sie gelegentlich ins Dorf mitnehmen. Wann kehren Sie zurück?«

»Nach Weihnachten. Sie wissen doch, dass Eddys Vater im Januar in die Staaten reist.« Eddy ist der Name ihres Ältesten.

Für meine Freude über Mrs Nangas Reisepläne gab es einen einfachen Grund. Keine verheiratete Frau, und sei sie noch so entgegenkommend, würde meine Absichten gutgeheißen haben: nämlich Elsie ins Haus zu holen und hier mit ihr Zeit zu verbringen. Selbst bei einer abgeschlossenen Gästesuite wie der, in der ich untergebracht war, würde das keinen guten Eindruck machen. Selbst wenn Mrs Nanga keine Einwände hätte, Elsie hätte bestimmt welche. Meiner Erfahrung nach möchte nämlich keine Frau, egal, wie freizügig, sich von einer anderen lose Sitten nachsagen lassen. Ich spreche hier nicht von Prostituierten, denn mit denen habe ich nichts am Hut.

Mein Gastgeber gehörte zu denen, um die ständig viel los ist. Ich werde ihm für die Einblicke in die Tagespolitik, die mir mein kurzer Verbleib in seinem Haus gestattete, auf immer dankbar sein müssen. Seit dem besagten Tag vor ein paar Jahren nämlich, als ich so betroffen und bedrückt das Parlamentsgebäude verlassen hatte, wurde ich, wie so viele gebildete Mitbürger, den Eindruck nicht los, dass in unserem Land furchtbar vieles im Argen liege, ohne recht sagen zu können, was und warum. Wir beklagten die Untätigkeit unserer Politiker und ihren Verzicht auf die führende Position, die unserer Nation auf dem Kontinent zustand, unserer Meinung nach jedenfalls. Wir hörten Gerüchte über skandalöse Absprachen auf höchster Ebene – bei denen angeblich Geldsummen im Spiel waren, von denen ich kaum glauben konnte, dass es sie hierzulande überhaupt gab. Doch nie kriegte man auch nur ein Körnchen harter Fakten zwischen die Zähne. Zu Füßen Chief Nangas aber wurden mir die Augen geöffnet und nahmen im Nebel die Dinge Gestalt an – manche bei weitem nicht so hässlich wie erwartet, andere wiederum weit schlimmer. Allerdings fällte ich damals noch keine derartigen Urteile, oder jedenfalls nicht sehr entschieden. Dazu war die geradezu feierliche Art, in der sich der Schleier hob, zu fesselnd, ähnlich faszinierend wie der Tag, an dem ich zum ersten Mal den weißen Kegel des Kilimandscharo im Abendlicht aufleuchten sah. Mir verschlug es zunächst schlicht den Atem; ich sagte nicht gleich: »Ah! Das also ist der höchste Berg Afrikas« oder »Ach, ich hatte mir das erhabener vorgestellt.« Das alles kam später.

Ich hatte bei meinem Aufbruch nach Bori versäumt, Lesestoff mitzunehmen, und die Sammlung des Ministers bot, wie sich herausstellte, wenig nach meinem Geschmack. Es gab die Schmuckedition einer amerikanischen Enzyklopädie, es gab *Sie* von Rider Haggard und auch sein *Ayesha – Sie kehrt zurück*, es gab einige Titel von Marie Corelli und Bertha Clay – insbesondere erinnere ich mich an Corellis *The Sorrows of Satan*. Das war's aber eigentlich auch schon, bis auf Kuriosa wie *Reden und wie man sie verfasst*.

Ich blätterte in den Bänden der Enzyklopädie und studierte die Tageszeitungen so gründlich wie nie. Und ihr könnt mir ruhig glauben, wenn ich sage, dass ich bis dato einiges verpasst hatte. Etwa die folgende von den städtischen Behörden Boris im *Daily Chronicle* veröffentliche Mittteilung zur allgemeinen Kenntnisnahme:

> Unter Hinweis auf Sektion 12 der (Stadtrechts-)Verordnung von Bori 1951 –
> (i) Haushalte sind verpflichtet, eigene Eimer für Exkremente zu stellen; die Größe der Eimer und die Beschaffenheit derselben unterliegen der Genehmigung der Stadtwerke;
> (ii) Die Anzahl der pro Haushalt zu stellenden Eimer wird von den Stadtwerken festgelegt –
> wird hiermit daran erinnert, dass jede nicht genehmigte Erhöhung der Anzahl der von einem Haushalt zu stellenden Eimer eine Ordnungswidrigkeit darstellt.

Die Überraschungen und Widersprüche in unserem großartigen Land nahmen einfach kein Ende. Da las ich in unserer Hauptstadt inmitten der Behaglichkeit einer fürstlichen Villa mit sieben Badezimmern, das heißt sieben chromblitzenden, nahezu lautlos spülenden Wasserklosetts, von Exkrementeneimern!

Fast mein gesamtes Leben (bis auf das kurze Zwischenspiel an der Universität, wo ich zum ersten Mal ein Wasserklosett sah) hatte ich nur Hocktoiletten wie die in meinem derzeitigen Haus in Anata gekannt. Gut, wir alle wissen, dass Hocktoiletten weder besonders luxuriös noch modern sind, aber bei halbwegs gründlicher Pflege sind sie vollkommen ausreichend und hygienisch. Eimerklos sind eine ganze andere Geschichte. Einen solchen Abort erlebte ich erstmals als Hausboy bei einer älteren Halbschwester und ihrem Mann in dem kleinen Handelsort Giligili. Ich war damals zwölf, und ich durchlitt das elendste Jahr meines Lebens. Der Eimer war mir so widerlich, dass ich manchmal tagelang ohne Darmentleerung ausharrte. Und dann gab es noch die Woche, in der die

Nachtkarrer des Orts alle in den Streik traten. Ich verzichtete nun fast ganz aufs Essen. Wie seine Bewohner damals sagten, »vernahm« man den Gestank des Orts schon aus zehn Meilen Entfernung.

Das einzig Spannende in Giligili war meiner Erinnerung nach unser allnächtlicher Krieg gegen die Ratten. Wir bewohnten in dem großen Haus mit dem Blechdach, den Lehmwänden und -böden zwei Räume. Meine Schwester, ihr Mann und zwei kleine Kinder schliefen in dem einen, wir anderen – drei Jungen – teilten uns den anderen mit Säcken voll Reis, *garri*, Bohnen und anderen Vorräten. Und, natürlich, den Ratten.

Sie kamen und gruben ihre Erdbaue dort, wo Boden und Wände sich trafen. Sobald es dunkel wurde, krochen sie hervor, um Getreide zu fressen, während wir an der offenen Feuerstelle in der Küche saßen. Wir erwischten sie nie, weil sie, kaum, dass jemand den Raum mit einer Laterne betrat, in ihre zwei Löcher flitzten. Wir versuchten, sie in kleinen Eisenfallen zu fangen, die der Dorfschmied anfertigte und die wir – meist mit einem Stückchen Trockenfisch als Köder – auslegten. Waren aber erst ein oder zwei Tiere darin erschlagen worden, lernten die übrigen, den faulen Köder zu meiden.

Also beschlossen wir, auf Jagd zu gehen. Erst schlich ich oder einer der anderen beiden Jungen im Dunkeln in die Ecken und verstopfte leise die Löcher mit Lumpen, während die anderen draußen mit Knüppeln warteten. Wenn sie genügend Zeit hatten verstreichen lassen, stürzten sie mit einer Laterne herein, schlugen die Tür zu, und das Massaker begann. Das klappte sehr gut. Die ganz kleinen schlugen wir nicht tot; die hoben wir uns für später auf … Das alles schien ein halbes Jahrhundert her.

Als Chief Nanga gegen zwei Uhr zum Lunch zurückkehrte, war er in Gedanken offenbar woanders. Sein Gruß war noch ebenso herzlich, aber arg knapp. Er ging schnurstracks ans Telefon und rief einen seiner Kabinettskollegen an. Ich konnte heraushören, dass es der Minister für Bau und Verkehr war.

Das Gespräch ergab für mich damals wenig Sinn, zumal ich nur die eine Seite hörte. Mein Gastgeber sprach jedenfalls sehr nachdrücklich, fast ärgerlich, über eine bestimmte Straße, die vor der nächsten Wahl geteert werden müsse. Es wurde ein Betrag von zweihundertzehntausend Pfund genannt. Aber was mich wirklich aufhorchen ließ, war folgende Bemerkung meines Ministers:

»Hör mal, T.C., wir waren uns doch einig, dass die Straße geteert werden muss. Was soll dieses Hinaus- und Hinauszögern ...? Was für ein Fachmann? Ach, jetzt hörst du auf einmal auf Fachleute? Du weißt doch, T.C., dass unseren Jungs nicht zu trauen ist. Genau darum sag ich doch immer, lieber verhandele ich mit Europäern ... Wie? Zerbrech dir mal über die Presse keinen Kopf, die halte ich schon in Schach ...«

Als er schließlich auflegte, bedachte er den Hörer mit einem »Idiot!« und wandte sich mir zu.

»Das war Honourable T.C. Kobino. Ein strunzdummer Kerl. Das Kabinett hat schon im Januar die Fertigstellung einer Straße zwischen Giligili und Anata abgesegnet, aber der Blödmann zögert und zögert es hinaus, weil es nicht *sein* Wahlkreis ist. Würde es seinen Wahlkreis betreffen, würde er auf Fachleute nicht hören. Und wer ist der Fachmann? Ein junger Kerl aus seinem Heimatdorf – den wir letztes Jahr alle gefördert haben. Jetzt rät ihm der Kerl, meine Straße nicht vor der nächsten Trockenzeit zu teeren, weil er erst Bodenproben nehmen will. Der Junge ist zum Erdwurm geworden.« Darüber musste ich lachen. »Hast du so was schon gehört? Ist das vielleicht die erste Straße, die wir in diesem Land teeren? Verstehst du, was ich meine, wenn ich sage, unsere Leute sind zu eigennützig, zu missgünstig ...«

Ich erfuhr noch eine Menge über diese Straße, die zufällig durch mein eigenes Heimatdorf Urua verläuft. Damals hatte ich natürlich Verständnis für Chief Nangas Ansinnen, weniger allerdings für seine Verachtung des Fachmanns. Aber Chief Nanga hatte ja auch durchblicken lassen, dass der Bursche gar nicht in erster Linie seines Sachverstands wegen ernannt worden war. Und so ging es weiter und weiter. Im Grunde war mir das alles nicht neu, bis auf die Tatsache, dass er zehn Luxusbusse bestellt hatte, die die Route befahren sollten, sobald sie geteert war. Von denen würde ihn jeder einzelne sechstausend Pfund kosten. Also hatte er zwei gute Gründe, die Straße fertiggestellt sehen zu wollen – die kommenden Wahlen und den Einsatz der Busse.

»Nicht, dass ich sechzigtausend Pfund auf der Bank liegen hätte«, beeilte er sich zu sagen. »Ich kriege sie auf Nimmer-wieder-Basis von der British Amalgamated.«

Seinerzeit war ich mir über die Bedeutung von ›nimmer wieder‹ nicht ganz im Klaren; ich werde wohl angenommen haben, die Busse wären ein Geschenk, denn das war der British Amalgamated unter den Umständen durchaus zuzutrauen.

Nach einem üppigen Mittagsmahl aus zerstoßenen Yams war ich sehr schläfrig. Normalerweise machte ich mittags eine Siesta, aber im Haus von Chief Nanga, wo die Ereignisse sich in einem Dauerwettlauf überschlugen, erschien mir ein Mittagsschlaf ungehörig, geradezu schmachvoll. Ich fand, wenn Chief Nanga um zwei Uhr in der Früh erst heimkommen, um acht schon wieder am Schreibtisch sitzen und mittags um zwei frisch wie ein eben geschlüpftes Küken wirken konnte, dann konnte doch ich, im Vergleich erst gestern geboren, mich keiner so dekadenten, kolonialen Gewohnheit hingeben wie einer Siesta. Also döste ich tapfer in meinem Sessel, während mein Gastgeber und seine Frau über deren Dorfbesuch sprachen. Sie fragte ihn, ob er für die Zeit ihrer Abwesenheit schon einen Koch gefunden habe, und er meinte, er habe drum gebeten, dass man ihm am Abend ein, zwei Kandidaten schicke. Da erst fiel mir auf, dass sie gar keinen Koch beschäftigten, nur einen Butler. Ich fragte mich, wie sie ihre offiziellen Essen bewältigten.

Da fuhr draußen ein Auto vor, und ein junges amerikanisches Paar rauschte herein. Oder vielmehr rauschte sie, er folgte in ihrem Kielwasser.

»Hi, Micah, hi, Margaret!«, rief die Frau.

»Hi, Jean, hi, John«, erwiderte der Minister, den bisher in meiner Gegenwart noch niemand mit Micah angesprochen hatte. Aber es schien ihm ganz gut zu gefallen. Ich war geschockt. Diese zwei Menschen waren nicht älter als ich, und doch besaßen sie die Unverfrorenheit, Chief Nanga bei seinem fast schon vergessenen Taufnamen zu rufen. Noch schockierender fand ich allerdings seine Reaktion. Ich hatte mich blitzschnell und ängstlich nach ihm umgewandt, weil ich damit rechnete, eine Wutfratze zu sehen. Aber nichts dergleichen. Er erwiderte zuckersüß: ›Hi, Jean, hi, John.‹ Ich verstand es nicht. Ich wusste todsicher, dass er getobt hätte, wenn ich oder überhaupt irgendeiner der Unseren es gewagt hätte, ihn Micah zu nennen. Aber vielleicht hätte ich mich gar nicht so zu wundern brauchen. Wir alle haben uns von *white skins* schon Dinge gefallen lassen, die wir von den eigenen Leuten nie hinnehmen würden.

Mrs Nanga, deren Taufnamen ich gar nicht gekannt hatte, schien weniger beglückt. Sie sagte: »Hallo, hallo«, und zog sich fast augenblicklich zurück; mit einem zwischen ihren Hinterbacken klemmenden Rock.

Während Jean eifrig mit Micah flirtete, unterhielt ich mich ganz ernsthaft mit ihrem Mann, der anscheinend zu einem Expertenteam gehörte, das unsere Regierung gegenwärtig in der Frage beriet, wie sie ihr Image in Amerika verbessern konnte. Er schien eher der zurückhaltende Typ zu sein und für mein Gefühl ein bisschen im Schatten seiner bildschönen, zupackenden Frau zu stehen. Beide waren sie gewiss auf ihre jeweilige Art tüchtige Repräsentanten ihres Landes. Er zumindest erwies sich als sehr auskunftsfreudig, als schließlich das unvermeidliche Thema zur Sprache kam – ohne mein Zutun, wohlgemerkt.

»Wir haben auch unsere Probleme«, sagte er, »wie alle. Einige meiner Landsleute sind so flexibel wie Eisenstangen – ich geb's gerne zu. Zugleich haben wir viel bewegt. Keiner ist damit zufrieden, aber wir haben Fortschritte gemacht.« Er nannte Zahlen und Fakten zur Lynchjustiz, an die ich mich jetzt nicht mehr erinnere. Sehr gut erinnere ich mich aber, dass er meinte, das Lynchen sei ursprünglich keine Sache der Hautfarbe gewesen, es seien bis 1875 oder so mehr Weiße gelyncht worden als Schwarze. Und ich erinnere mich auch, dass er erklärte, in fünf der zehn vergangenen Jahren habe es überhaupt keine Lynchjustizopfer gegeben. Wohlgemerkt sagte er nicht, *in* den letzten fünf Jahren, das fiel mir auf.

»Sie sehen also, Mr … Verzeihen Sie, wie war noch der Vorname?«

»Odili.«

»Odili – ein herrlicher Klang – darf ich Sie so nennen?«

»Klar«, sagte ich, schon mitamerikanisiert.

»Ich heiße John. Wir müssen uns ja nicht so förmlich ansprechen – Mister dies, Mister das – wie die Briten.«

»Bestimmt nicht«, sagte ich.

»Was ich damit also sagen wollte«, fuhr er fort, »ist, dass wir uns keineswegs für vollkommen halten. Aber in der letzten Zeit haben wir solche Fortschritte gemacht, dass ich keinen Grund zur Verzweiflung sehe. Wir müssen nur am Ball bleiben. Wir dürfen nicht nachlassen. Wir dürfen nicht wieder zu spät schalten …«

Ich war noch ganz gebannt von diesem ungewohnten, aber, wie ich fand, treffenden Bild aus dem Bereich der Technik, als ich John wie aus großer Entfernung eine – ich würde sagen – erstaunliche Behauptung aufstellen hörte. Ich meine damit nicht unbedingt, dass sie falsch war; dazu kenne ich mich in der Geschichte zu wenig aus.

»Amerika mag alles andere als vollkommen sein«, sagte er gerade, »aber Sie dürfen nicht vergessen, dass wir die einzige Weltmacht in der Menschheitsgeschichte sind, die einzige, die leicht imstande gewesen wäre, andere Länder zu besetzen, und es nicht getan hat.«

Ich muss verdutzter geguckt haben, als ich es war. Die Behauptung war noch nicht vollends angekommen. Ich dachte bloß, dass sie eine solche Großmut höchstens vor sehr langer Zeit in einem sehr kleinen Winkel der Welt bewiesen haben konnten.

»Ganz recht«, sagte John. »1945 hätten wir Russland mit einer auf Moskau und einer auf Leningrad abgeworfenen Atombombe in die Knie zwingen können. Haben wir aber nicht. Warum? Fragen Sie mich was Leichteres, ich weiß es nicht. Vielleicht sind wir naiv. Wir glauben noch an altmodische Ideen wie Freiheit und dass jeder selbst wissen muss, wie er den Laden schmeißt. Amerikaner waren noch nie scharf drauf, für andere den Laden zu übernehmen ...«

Ich habe bereits angedeutet, dass irgendetwas an Chief Nanga magisch Dramen aller Art anzuziehen schien. Dauernd umschwirrten denkwürdige Ereignisse seine Person und fielen ihm zu Füßen wie geflügelte Termiten, wenn ein später Regen sie aus ihren Erdlöchern treibt und wild um die Straßenlaternen tanzen lässt, ehe sie röchelnd zu Boden gehen.

Jetzt zum Beispiel monologisierte John auf mich ein, während seine Frau, dem Funkeln in ihren Augen nach zu urteilen, drauf und dran war, Chief Nanga am helllichten Tag ins Bett zu zerren, als es an der Tür klopfte und ein junger Mann in bretthart gestärkten weißen Shorts und Hemd erschien, um seine Dienste als Koch anzubieten.

»*Wetin you cook* – was kannst du denn?«, fragte Chief Nanga, der die gebündelten Empfehlungsschreiben des Mannes überflog, von denen wahrscheinlich nicht eines echt war.

»Ich kann europäisches Essen wie Steak-and-Kidney-Pie, Chicken Puri, Misk Grill, gefülltes Omelette …«

»Keine afrikanische Küche?«

»Ahh! Das nicht, nein, *no sabi am-o*«, gestand er. »Ich werde den Master doch nicht belügen.«

»*Wetin you de chop* für dich selbst?«, fragte ich, weil der Idiot mir auf die Nerven ging.

»*Wetin I de chop* für mich?«, wiederholte er. »Bei uns gibt es Landesküche.«

»Und ist das keine afrikanische Küche?«, meinte Chief Nanga.

»Doch, ja«, gestand der Koch. »Aber *no be me de cook am*. Dafür habe ich eine Frau.«

Mein Ärger verflog, und ich stimmte in Chief Nangas Gelächter ein. Ermutigt sagte der Koch: »Wie kann sich ein Mann mit Familie denn in die Küche stellen und Bitterspinat oder *egusi* kochen? Da muss er sich doch schämen.«

Das sahen wir genauso, aber den Job kriegte er trotzdem nicht, weil Chief Nanga eben lieber Bitterspinat und *egusi* aß als Chicken Puri – was immer das sein sollte. Und doch hatte der Kerl nicht unrecht. Solange ein Mann sich darauf beschränkte, ausländisches Teufelszeug anzurichten, konnte er sich immerhin noch einreden, dass er nicht so etwas Unmännliches tat wie kochen.

FÜNFTES KAPITEL

Jean und John hatten den Minister und mich für den Samstag der Abreise Mrs Nangas zu einem zwanglosen Abend eingeladen. Dann musste John leider im letzten Moment nach Abaka zur Eröffnung einer neuen Zementfabrik fliegen, die mit amerikanischem Geld gebaut worden war.

Am Nachmittag rief Jean an, um daran zu erinnern, dass es trotzdem natürlich bei der Einladung bleibe. Der Minister sicherte unsere Teilnahme zu.

Doch kurz vor sieben fuhr eine sehr mondäne junge Frau vor und warf all unsere Pläne über den Haufen. Chief Nanga stellte sie mir als seine Anwältin Mrs Akilo vor, und offenbar war sie extra aus einem achtzig Meilen weit entfernten Ort hergefahren. Sie meinte, sie habe noch nicht einmal im Hotel eingecheckt und sich den Reisestaub abgewaschen. Ich fand sie auch mit Staub sehr attraktiv, und mir fiel ein geflügeltes Wort aus meinem Heimatdorf über eine gewisse Frau ein, deren Tochter für ihre Schönheit gepriesen wurde und die dazu bloß meinte: »Du hast sie aber noch gar nicht gesehen, warte, bis sie gebadet hat.«

»Sie sind selbständig?«, fragte ich Mrs Akilo, als Chief Nanga einen Anruf entgegennehmen musste.

»Ja, wie mein Mann.«

»Ach, ist er auch Anwalt?«, fragte ich.

»Ja, wir haben eine eigene Kanzlei.«

Ich gestehe, dass mich ihr selbstsicheres und gewandtes Auftreten etwas einschüchterte. So wie sie sprach, musste sie in England aufgewachsen sein. Aber es war bloß eine momentane Verlegenheit. Schließlich würde Chief Nanga, sagte ich mir, der kaum lesen und schreiben konnte, mit ihr heute Abend sehr wahrscheinlich ins Bett gehen.

»Hör mal, Agnes, warum benutzt du nicht einfach das Zimmer meiner Frau, dann brauchst du nicht unnötig Geld auszugeben«, meinte Chief Nanga, als er wieder bei uns Platz nahm. »Sie ist heute in die Ferien gefahren.« Er hatte seine Diktion schon zwei Stufen näher an ihr Niveau hochgeschraubt. Es wäre erbärmlich gewesen, wenn er sich nicht so offensichtlich einen Spaß erlaubt hätte.

»Vielen Dank, M.A. Aber ich denke, ich gehe lieber ins International. Vielleicht möchtest du mich zum Essen abholen?«

»Natürlich, gern – wann?«

»Gegen acht. Dann kann ich mich frisch machen und noch kurz die Beine hochlegen.«

Ich fürchtete langsam, dass ich an einem Samstagabend allein in einer leeren Villa mit sieben Schlafzimmern hocken würde. Ich nahm nämlich an, dass mein Gastgeber unsere Abendeinladung glatt vergessen hätte. Aber das hatte er keineswegs. Sobald sich Mrs Akilo verabschiedet hatte, sagte er, er werde mich bei den Amerikanern absetzen und dann zum International weiterfahren und Jean könne mich sicher zurückbringen. »Agnes ist nun mal *Sie,* der man gehorchen muss«, zitierte er.

Ich war gespannt, ob er sich auch bei Jean mit Rider Haggard herausreden würde – oder von wem auch immer die Worte stammten –, aber er sagte ihr lediglich, es sei ihm leider etwas Wichtiges dazwischengekommen. Jean war natürlich sehr enttäuscht. Trotzdem versprach sie mit ihrem typischen Eifer, mich nach der Party heimzubringen oder von anderen Gästen mitnehmen zu lassen.

Der Abend fiel in Mrs Nangas Kategorie von ›Neun-Pence-Gerede und Drei-Pence-Verpflegung‹. Aber das Gerede war gar nicht so übel. Jean machte gelungen den Anfang mit der überschwänglichen Bemerkung, dass ihr an Chief Nanga neben seinem Aussehen, natürlich, so besonders seine Unberechenbarkeit gefalle.

»Fragt man ihn, ob er zum Essen kommt, antwortet er: *I will try.*«

»Niedlich!«, bemerkte eine Dame mittleren Alters, Britin, denke ich, und neigte dabei den Kopf leicht in meine Richtung. »Ist Pidgin-Englisch nicht herrlich?«

»*I will try*«, fuhr Jean fort, »kann vieles bedeuten. Es kann bedeuten, dass er – wie heute Abend – nicht kommt oder dass er mit drei weiteren Personen im Schlepptau erscheint.«

»Faszinierend«, fand die Dame mittleren Alters. Und erst da dämmerte mir, dass es wahrscheinlich sarkastisch gemeint war.

Abgesehen von Jean und mir waren fünf Leute da: die Britin und ihr Mann, ein schwarzer Amerikaner in mittleren Jahren, der ein Buch über unser Land schrieb, und ein weißes amerikanisches Ehepaar.

Zu essen gab es Reis und Huhn in Erdnuss-Tomaten-Soße. Mir war das für die späte Stunde eigentlich zu mächtig. Aber den Nachtisch fand ich gut, vielleicht weil er mir neu war. Ich weiß nicht mehr, wie der hieß. Kaffee rühre ich persönlich abends nur an, wenn es einen guten Grund gibt, wach zu bleiben. An der Uni war Kaffee unser ›akademischer Absacker‹.

Das Gerede war, wie gesagt, interessant. Meine Bekanntschaft mit dem Minister verlieh allem, was ich sagte, besonderes Gewicht. Noch dazu – ich weiß nicht, ob es anderen auch so geht –, wo das Wissen, dass man mir aufmerksam zuhört, zu einer Art Circulus virtuosus wird und meine Ausführungen bedeutsamer macht. Als sich zum Beispiel die Unterhaltung irgendwann dem Kunstverstand zuwandte, meldete ich mich mit einer, wie ich immer noch finde, durchaus treffenden und erhellenden Bemerkung zu Wort.

Einer unserer führenden Künstler hatte soeben für einen öffentlichen Platz in Bori die riesige Holzskulptur einer Gottheit fertiggestellt. Ich hatte sie noch nicht gesehen, aber viel darüber gelesen. Sie hatte so viel Aufmerksamkeit erregt, dass es bald schick wurde, sie für schlecht oder unafrikanisch zu befinden. Der Brite ließ sich gerade darüber aus, dass dem Werk etwas Entscheidendes fehle.

»Neulich erst konnte ich zu meiner Genugtuung beobachten«, sagte er, »wie eine sehr alte Frau vor der Skulptur wütend die Faust ballte …«

»Das ist ja hochinteressant«, warf jemand ein.

»Unbedingt«, fuhr der Mann fort, »denn sehen Sie, diese alte Frau, eine Analphabetin und Heidin immerhin, die sehr wahrscheinlich ebendiese Gottheit verehrt – ganz im Gegensatz zu unserem auf europäischen Kunsthochschulen ausgebildeten Freund –, diese alte Frau wird es doch wohl wissen …«

»Absolut.«

Da fiel es mir wie Schuppen von den Augen.

»Sie sagten, sie habe die Faust ›geballt‹?«, erkundigte ich mich. »Dann haben Sie sie vollkommen missverstanden. Die Faust zu erheben ist in unserer Kultur ein Zeichen großer Ehrerbietung und Achtung; so misst man einer Person oder einem Gegenstand bei uns Macht bei.« Was tatsächlich stimmt. Und wenn ich hier etwas ausholen darf, so kann ich berichten, dass mir seither ein weiterer Kritiker begegnet ist, der aus meiner Sicht in krimineller Weise auf eine fremde Kultur Deutungen und Bedeutungen übertrug, die Menschen seines eigenen Kulturkreises mit bestimmten Gesten oder Mienen verbinden. Dieser Kritiker, ein Franzose, der in einem Hochglanzmagazin über afrikanische Kunst schrieb, meinte zu einer berühmten zeremoniellen Maske aus unserem Land: »Bemerken Sie die halbgeschlossenen Lider, den scharf konturierten, gespannten Bogen der Augenbrauen, den ekstatischen, leidenschaftlichen Mund …«

Das war unerhört. Was die Maske nämlich ausdrückte, was sie für die Menschen empfand, war lediglich eine erhabene, göttliche Ferne und Verachtung. Würde mich auf der Straße eine Passantin mit dem Ausdruck dieser Maske betrachten, würde sie genau das meinen.

Aber um zur Dinnerparty zurückzukehren. Als ich dem Kunstkenner Paroli geboten hatte, stieg mein Ansehen merklich. Ich war jetzt mehr als nur einer, der in den Ferien zufällig den Kulturminister besuchte. Das weiße amerikanische Ehepaar – besonders die Frau – hing praktisch an meinen Lippen. Die beiden wollten wissen, ob ich in England zur Schule gegangen sei, was ich an der Universität studiert hätte, was ich an der Höheren Schule Anata unterrichtete, ob ich schon mal in den Vereinigten Staaten gewesen sei, was ich von den Amerikanern hielte usw. usf.

Aber die beste Geschichte des Abends kam von dem schwarzen Schriftsteller. Er erzählte uns von einer Begegnung mit einem weißen Amerikaner, der mittags mal an seinen Hoteltisch im International gekommen sei, ein Haus, das allgemein als internationaler Umschlagplatz bekannt ist, wo meinen Landsleuten allerhand fremde Waren angedreht werden, von Ideologien bis hin zu Traktoren. Nun, der weiße Amerikaner kam an seinen Tisch und fragte höflich:

»Darf ich mich zu Ihnen setzen, Sir?«

»Sicher«, sagte er.

»Was halten Sie, wenn ich fragen darf, vom Friedenscorps?«

»Ich habe nichts dagegen. Eine meiner Töchter ist Freiwillige.«

»Ach, Sie sind Amerikaner?«

»Klar. Ich bin hergekommen, um …«

Das fand ich ziemlich gut. Ich sah förmlich, wie der Mann sich sobald wie möglich entschuldigte, um andere Tische nach *echten* Afrikanern abzuklappern.

Als der Abend ausgeklungen war, bot mir der schwarze

Amerikaner eine Mitfahrgelegenheit an, um Jean die Mühe zu ersparen, aber sie wollte nichts davon hören, zu meiner großen Erleichterung, muss ich sagen. Sie meinte, sie habe dem Minister versprochen, mich persönlich unversehrt bei ihm abzuliefern, und außerdem müsse sie sowieso noch mal an die Luft, ehe sie zu Bett gehe.

Die anderen brachen, fast geschlossen, auf. »Dann sollten wir wohl mal«, sagte Jean, verschränkte die Hände über dem Kopf und reckte sich.

»Aber wir haben uns doch noch kaum unterhalten«, wandte ich ein. Jean legte eine Schallplatte auf, eine LP mit Highlife-Musik, und wir tanzten. Ich muss sagen, sie hatte das recht gut drauf mit dem Highlife, nur übertrieb sie es wie so viele ausländische Fans afrikanischer Rhythmen ein bisschen mit dem Shimmy. Ich will nicht sagen, dass ich es unangenehm fand, ganz im Gegenteil; es ist eine ganz allgemeine Beobachtung und als solche interessant. Es liegt an dem, was andere im Laufe der Zeit mit uns zu verbinden gelernt haben. Und wollen wir mal ehrlich sein: Wir sind daran selbst nicht ganz schuldlos. Ich entsinne mich, wie empört wir an der Universität über einen Film mit brüstewackelnden, hüftruckenden jungen Frauen waren, den ein benachbarter afrikanischer Staat hatte drehen und im Ausland als Beispiel für afrikanisches Ballett vorführen lassen. Sehr wahrscheinlich hatte auch Jean ihn in den Staaten gesehen. Wie dem auch sei; ihre Highlife-Version war zwar ganz nett und den Umständen angemessen, aber kein echtes Highlife, denn die Botschaft kam rüber, aber auf schwerfällige, wenig subtile, sehr unbeholfene Art.

Beim Tanzen wurde mir eine kurze Lektion in Psychologie erteilt. Offenbar war Jean bei der allgemeinen Unterhaltung nach dem Essen aufgefallen, dass meine Beine zappelten, was so viel bedeutete wie, dass ich unbedingt mit einer Frau schlafen wollte.

»Warst du auf mich oder Elsie scharf?«

»Elsie?«

»Ja, das amerikanische Ehepaar – Elsie Jackson.«

»Ach so, die. Nein, überhaupt nicht. Großer Gott, nein. Es ging um dich.« Was stimmte.

Dabei war mir das mit dem Beinezappeln vollkommen neu, oder jedenfalls die Deutung. Mit den Beinen hatte ich gezappelt, so weit ich zurückdenken kann, und als ich klein war, hat Mama deswegen mit mir geschimpft, weil ich mir womöglich eine Epilepsie anzappeln würde.

Ich entsinne mich nicht, ob wir zu mehr als einer Nummer auf der LP getanzt haben – ich bezweifle es sehr. Ich entsinne mich aber deutlich, wie plötzlich am Bett das Telefon schrillte. Wäre jemand im Dunkeln auf Zehenspitzen die Treppe heraufgeschlichen und hätte mir ein Messer in den Rücken gerammt, es hätte kaum weniger gesessen.

»Nicht bewegen«, befahl Jean und stemmte mich auf überraschend starken Armen hoch. Ich gehorchte.

Dann schob sie sich mit mir oben drauf rücklings zum Telefon.

Sie nahm ab und nannte ihren Namen. Sie war so ruhig und entspannt, als kehrte sie nach der heiligen Kommunion gerade in die Kirchenbank zurück.

»Hallo, Elsie ... nein, gern geschehen ... Freut mich, dass ihr euch amüsiert habt. Ja, ich habe ihn sicher nach Hause gebracht ... bin gerade erst zurück ...«

Dann legte sie auf und ließ Dampf ab, indem sie Elsie eine blöde Kuh schimpfte, und wir kugelten uns vor Lachen.

»Sie wollte doch bloß wissen, ob du noch hier bist.«

»Und, weiß sie es, was meinst du?«

»Ich glaube nicht, aber wenn, ist es auch egal.«

Später, viel später gingen wir händchenhaltend in die Küche hinunter, und Jean kochte Kaffee. Jetzt hatte ich nichts gegen einen Kaffee.

»Sex bedeutet einer Frau so viel mehr als einem Mann«, sagte Jean nachdenklich und rührte in ihrem Kaffee.

»Ist das so?«

»Klar. Er findet ja *in ihr* statt. Der Mann braucht dazu bloß eine Projektion seiner selbst.«

»Aha.«

Ich hätte gern gesagt, sie soll das Plappern lassen, aber ich kannte sie nicht gut genug. Mich stört es nicht, wenn davor oder dabei geredet wird, aber ich bin strikt gegen eine Autopsie. Man sollte hinterher still Kaffee trinken oder rauchen oder einfach nur sitzen. Oder wenn man schon reden muss, dann über etwas vollkommen anderes. Ich glaube, Jean spürte das; sie war eine so kluge Frau.

Um halb zwei ertappte ich sie bei einem unterdrückten Gähnen.

»Ich sollte dann wohl lieber mal los. Tut mir leid, dass du um die Zeit meinetwegen noch rausmusst.«

»Sei doch nicht so britisch«, bemerkte sie fast barsch. Ich hätte gern gewusst, was an meinen Worten so britisch sein sollte und warum sie das so kränkte, beschloss jedoch, nicht nachzufragen. Während sie ihre Schlüssel suchte, fragte sie mich, ob ich denn gleich zurückmüsste oder ob ich sie noch auf einer kurzen Spritztour durch die Stadt begleiten würde.

»Bei Nacht ist Bori betörend«, sagte sie.

»Aber bist du denn gar nicht müde?«

»Kein bisschen.«

Auf jeden Fall kannte sie die Stadt ausgesprochen gut, von der frisch riechenden, modernen Hafenfront bis in den stinkenden, fauligen Kern.

»Wie lange lebst du jetzt in diesem Land?«, fragte ich mit unverhohlener Bewunderung.

»Elf Monate«, sagte sie. »Wenn einem ein Ort gefällt, lernt man ihn ziemlich schnell kennen.«

Wir fuhren durch breite, hell erleuchtete Straßen, benannt

nach unseren führenden Politikern, und durch schmale mit den Namen der kleineren Nummern. Selbst unbedeutende Stadtverordnete (Jean kannte sie offenbar alle) hatten ihre Sträßchen bekommen – ich erinnere mich an eine Stephen-Awando-Street. Eine Tour durch dieses Gewirr würde mich jedenfalls, sofern ich den Beweis gebraucht hätte, restlos davon überzeugt haben, dass die Mitteilung der städtischen Behörden über die Eimer durchaus von aktueller Bedeutung war.

Langsam fragte ich mich, ob Jean tatsächlich so gern durch diese Gegenden fuhr, wie sie behauptete, oder ob es dafür einen versteckten Grund gab: etwa mich angesichts des Zustands der Hauptstadt meines Landes zu beschämen. Ich kannte sie zwar kaum, aber sie schien mir durchaus von diesem Schlag zu sein, eine hochkomplizierte Frau.

Jetzt waren wir wieder in den hübschen Nobelvierteln.

»Die Reihe da, die zehn Häuser, gehören dem Minister für Bau und Verkehr«, sagte sie. »Sie werden für dreitausend im Jahr an diverse Botschaften vermietet.«

Ja und?, dachte ich im Stillen. Deine Kritik mag berechtigt sein, aber sie steht dir nicht zu. Lass das ruhig unsere Sache sein, vergifte sie nicht, indem du sie zu deiner machst.

»Da gibt es ja eine zweite Chief-Nanga-Street«, sagte ich stattdessen laut und zeigte nach links.

»Nein. Was wir am Brunnen gesehen haben, war die Chief-Nanga-Avenue«, sagte sie, und da mussten wir laut lachen, nun wieder Freunde. »Es würde mich nicht wundern, wenn er irgendwo auch noch eine *Road* hätte«, meinte sie. »Von einem *Circle* jedenfalls weiß ich sicher.«

Da rückte ich innerlich prompt wieder ab. Für wen hielt sie sich eigentlich, dass sie so selbstgerecht lachte? Gab es in ihrem eigenen Land zu hohnlachen nicht Anlass genug bis an ihr Lebensende? Oder zu weinen, wenn ihr das lieber war?

»Ich habe mich oft gefragt«, redete sie ohne jedes Gespür für meinen stummen Groll weiter, »warum Straßen hier nicht auch nach wichtigen historischen Figuren oder nach Ereignissen wie der Unabhängigkeit benannt werden, wie es in Frankreich und anderswo üblich ist.«

»Weil das hier nicht Frankreich ist, sondern Afrika«, sagte ich missmutig, trotzig. Das hielt sie offenbar wiederum für Sarkasmus und lachte erneut. Aber meine Worte enthielten eine verdeckte Botschaft: Scher dich zum Teufel. Jetzt wusste ich, warum sie mich mit solchem Genuss durch unsere Slums chauffierte. Sie hatte bestimmt schon Hunderte Fotos für die liebe Verwandtschaft daheim gemacht. Aber würde sie, die große Verehrerin Afrikas, sich in ihrer Heimat mit einem schwarzen Mann blicken lassen?

»Wann erwartest du John zurück?«, fragte ich stinksauer.

»Mittwoch, warum?«

»Ich frage mich, ob wir uns noch mal treffen könnten.«

»Möchtest du das?«

»Klar.«

»Gut, warum nicht. Ich rufe dich morgen an.«

SECHSTES KAPITEL

Alle, die halbwegs aufmerksam gelesen haben, fragen sich gewiss, was eigentlich aus Elsie geworden ist, die doch der wahre Grund für meinen Besuch in Bori war. Nun, diesen wahren Grund gab es natürlich nach wie vor. Ich hatte ihr tatsächlich gleich nach meiner Ankunft geschrieben und sie am darauffolgenden Samstag im Krankenhaus besucht. Aber sie hatte noch Nachtdienst gehabt, und man hatte sie – gegen die Bestimmungen – aus dem Schlaf gerissen, damit wir uns sehen konnten. Dieser erste Besuch war daher notgedrungen sehr kurz. Und in Wahrheit hatte ich sie nur aufgesucht, um mich zu vergewissern, dass sie auch wirklich für die zwei Tage, die sie nach dem Nachtdienst freihätte, in die Villa kommen und eine Freundin für Chief Nanga mitbringen würde – obwohl wir das so krass nicht sagten.

In unserem Land geht ein langer amerikanischer Schlitten mit einem Chauffeur in weißer Livree und einer ministeriellen Flagge tatsächlich noch durch ein Nadelöhr. Der Mann am Tor des Krankenhauses hatte sofort den eisernen Schlagbaum gehoben und salutiert. Der ältliche Krankenpfleger, den ich herbeiwinkte, schoss mit einer Behändigkeit vor, für die man ihn mindestens zehn Jahre zu alt geglaubt hätte. Und wie schon gesagt, ließ man mich entgegen allen Krankenhausvorschriften in den Schwesterntrakt und weckte Elsie meinetwegen extra.

Obwohl sie verständlicherweise sehr verschlafen war, fühlte ich mich dank ihrer unverhohlenen Freude über unser Wiedersehen arg versucht, länger zu bleiben, als nötig oder fair war. Ihr Schlaf-*gele* bedeckte ihr Gesicht bis fast zu den Augenbrauen und beide Ohren komplett. Aber das und die verquollenen Augen taten ihrem Reiz keinerlei Abbruch. Und sie wollte – das sah ihr ähnlich – sofort loslaufen, um für mich eine Limonade und Kekse aufzutreiben. Das verbat ich mir ganz entschieden.

Ich war im Gegenteil schon wieder im Aufbruch begriffen, als die besagte Freundin erschien, um mich zu begrüßen. Die war sich ihrer Reize offenkundig nicht so sicher wie Elsie und hatte sich noch schnell etwas zurechtgemacht. Ich versuchte vergeblich, mir ihr Gesicht in Erinnerung zu rufen, denn Elsie schwor, sie habe sie mir bei einer Unifete vorgestellt. Sie sah nicht schlecht aus, nur eben auf diese spitzschnabelige Art, bei der ich an geschwätzige Webervögel denken muss. Dabei sagte sie kaum ein Wort, und als ich mich endlich erhob, begleitete sie uns nicht einmal hinaus zum Wagen. Für eine unserer Frauen war sie erstaunlich wenig neugierig, fand ich.

Als ich mit Elsie zum Wagen schlenderte, sagte ich im Scherz: »Hoffentlich verlangt Chief Nanga keinen *swop*.«

»Keinen was?«, fragte sie verwirrt. Weil mir klarwurde, dass sie das Wort vielleicht noch nie gehört hatte, erklärte ich es ihr – einen Tausch –, und wir lachten.

»Und ich dachte schon, du faselst was von den *swabs*, den Tupfern, die wir im OP-Saal verwenden«, sagte sie, und da lachten wir umso mehr. Dann besann sie sich so weit, dass sie großzügig meinte, ein *swop* wäre nicht nötig, weil ihre Freundin von ihnen beiden die größere Schönheit sei.

»Wenn du heute von mir Komplimente hören willst, hast du Pech«, sagte ich und duckte mich durch die Wagentür, die der Chauffeur schon seit unserem Auftauchen aus dem Schwesterntrakt aufhielt.

»Übrigens«, fiel mir noch ein, so dass ich mich rückwärts aus dem Wagen schieben und wieder aufrichten musste. »Ich habe neulich bei einer Party abends eine amerikanische

Dame kennengelernt, die auch Elsie heißt … wann immer ihr Name fiel, musste ich an dich denken.«

»Wer sagt denn, dass sie wirklich eine Elsie ist? Wenn du sie wiedersiehst, kannst du ihr sagen, *im own* Elsie ist bloß der Abklatsch. Aber du, Odili, du bist mir vielleicht einer, *na waa*! Wo gibt's denn so was, dass du kaum in Bori bist und auf einer Party schon eine zweite Elsie kennenlernst? Mal langsam, *je-je-o*.«

»Keine Panik, okay«, sagte ich nach der Manier von Jean. »Was soll dabei sein, wenn ich dir erzähle, ich hätte auf einer Party eine Namensvetterin getroffen?« Tatsächlich gefiel es mir, Elsie eifersüchtig zu sehen. Ich wollte noch sagen – hatte genau genommen schon dazu angesetzt und den Mund halb offen –, dass sie sich keinerlei Sorgen machen müsse, weil die andere Elsie ihr nicht das Wasser reichen könne. Aber ich entschied mich im letzten Moment aus taktischen Gründen dagegen. Stattdessen sagte ich, wenn ich eine Zweitfreundin wollte, würde ich mir eine mit einem anderen Namen aussuchen, schon, um Verwechslungen zu vermeiden.

»*Na lie* – du lügst«, sagte sie und lächelte ihr verführerisches Lächeln mit den zwei Grübchen. »Das verrät mir dein Blick, dass auch zehn Elsies dich nicht satt kriegen würden.«

»Unsinn«, sagte ich. »Wenn es so wäre, würde *eine* Elsie mir bestimmt einen *juju* anhexen, oder?« Ich lachte.

»Schon möglich«, sagte sie mit einem Achselzucken.

»Na, du musst es ja wissen«, sagte ich.

Der Chauffeur erlaubte sich einen keineswegs subtilen Wink – nicht mit dem Zaunpfahl, sondern der hinteren Wagentür, die er einfach wieder zufallen ließ. Ich zog es vor, ihn zu übergehen.

»Wie heißt das Auto deines Freundes?«

»Cadillac.«

»Ah. *Dis na* der berühmte Cadillac? Ich glaube, so einen habe ich noch nie gesehen.« Sie war mädchenhaft aufgeregt.

»Ein starkes Auto! *Eje-je-je*! Glaubst du, solche Leute kommen in einen anderen Himmel?«

»Schwester, *no know-o*. Aber wie sehr wir vielleicht auch dahin wollen, in dieser Welt essen wir klein.« Ich machte die Wagentür selbst auf und stieg ein, und sie half von außen, sie zu schließen. »Dann hole ich dich also Donnerstag ab – vier Uhr. Und jetzt ab mit dir ins Bett, meine Liebe.« Ich lehnte mich zurück, von einem Besitzerstolz erfüllt, wie ich ihn von mir gar nicht kannte. Sie winkte noch, bis wir um die Ecke bogen.

Am Donnerstagabend um sechs sollte der Minister die allererste Ausstellung von Büchern einheimischer Autoren eröffnen. Die interessierte mich sehr, weil ich eventuell einen Roman über die Ankunft der ersten Weißen in meinem District schreiben wollte.

Er kehrte gegen halb drei zum Lunch in die Villa zurück, in der Hand die Rede, die für ihn verfasst worden war. Offenbar war er im Ministerium zu beschäftigt gewesen, sie sich anzusehen. Ich nahm daher natürlich an, dass er sich hinsetzen und sie zumindest überfliegen würde, aber nein, er legte die Mappe in ein Bücherregal und erkundigte sich nach *unserer* Fahrt ins Krankenhaus. Mir war bis zu diesem Moment nicht klargewesen – und vielleicht auch Chief Nanga selbst nicht –, dass er mitfahren wollte.

»Ich hoffe nur, sie sind dann auch fertig, wenn wir eintreffen …«

»Ja. Ich habe Elsie gesagt, dass Sie um sechs woanders sein müssen.«

»Sag mal, Odili. Wie ernst ist es dir mit dieser Elsie?«

»Sie meinen, ob ich die Absicht habe, sie zu heiraten … Großer Gott, nein! Wir vergnügen uns bloß miteinander.«

»*Kabu-kabu?*«, meinte er und zwinkerte mir bei dieser Anspielung auf unsere illegalen Taxis schelmisch zu.

»Sozusagen«, erwiderte ich.

Obwohl es stimmte, dass ich keinerlei Heiratsabsichten hatte, war es wirklich nicht schön von mir, mein damaliges Verhältnis zu Elsie einfach als *good time* abzutun. Wahrscheinlich war mir das deshalb so rausgerutscht, weil Chief Nanga und ich ›Weibergeschichten‹ ausgetauscht hatten und ich mich folglich genötigt fühlte, mich über Frauen insgesamt abfällig zu äußern. Ich hatte ihm die Geschichte meiner ersten Begegnung mit Elsie bereits erzählt, ohne sie allerdings namentlich zu nennen. Und natürlich hatte Chief Nanga für jede meiner Eroberungen fünf eigene auf Lager. Die beste, fand ich, war die von der jungen, verheirateten Frau, die nie ihren Büstenhalter ablegte. Erst nach vielen Rendezvous war es Chief Nanga gelungen, ihr zu entlocken, dass ihr Mann (offenbar ein schrecklich eifersüchtiger Kerl) ihren Brüsten einen *juju* angehext hatte, damit sie ihm aus lauter Angst treu bliebe; vermutlich, weil sie es nicht wagen würde, diese Körperpartie einem Rivalen zu zeigen – und somit erst recht keine anderen.

»Was für ein Schwachkopf!«, rief ich. »Und der hielt sich auch noch für schlau.«

»*E fool pass garri*«, stimmte Chief Nanga zu. »Dumm wie *garri*. Dem müsste mal einer erklären, dass die Weiber es ja nicht mit den *bobbi* treiben. Schwachsinn.«

»Wohingegen die Frau, *na waa*!«, staunte ich. »Wie kommt's, dass die Frauen so schlau sind?«

»Frauen!«, schwärmte Chief Nanga. »Wer behauptet, Frauen hätten keinen Verstand, der redet dummes Zeug – *de talk pure jargon*. Wenn eine Frau was nicht will, lässt sie's sein, aber es kann mir keiner erzählen, dass sie's sein lässt, weil sie's nicht könnte.«

Wohl wahr, dachte ich.

Chief Nangas Ankündigung, er werde mich zum Krankenhaus begleiten, überraschte mich. Ich konnte ihm ja schlecht eiskalt raten, zu bleiben und lieber seine Rede durchzugehen. Dabei hatte ich den starken Verdacht, dass er sie schlicht vergessen hatte, und eigentlich wäre es das mindeste gewesen, ihn wenigstens zu erinnern. Ich wägte ab und entschied mich dann für den Hinweis, der mir am besten den schieren Eigennutz zu kaschieren versprach.

»Ich wünschte ja, ich könnte Ihnen irgendwie mit der letzten Durchsicht der Rede helfen«, sagte ich, »aber mir wird beim Autofahren einfach immer schlecht.«

»Ach! Die Rede«, meinte er müde. »Ich halte es kurz, zehn Minuten; sie ist nicht so wichtig. Hätte ich es vorher gewusst, hätte ich einen Staatssekretär bitten können, mich zu vertreten. Aber es ist halb so wild. Das Reden ist mir längst in Fleisch und Blut übergegangen – aus dem Klassenzimmer in die Politik: reden, reden, reden, *all na so so talk talk.*«

Eigentlich gab es keinen wirklichen Grund, allein fahren zu wollen. Es stimmt zwar, dass ich mir ein ziemlich genaues Bild davon gemacht hatte, wie alles – unter meiner Regie gewissermaßen – ablaufen würde, aber es spielte im Grunde keine große Rolle und wäre zu niemandes Schaden, wenn es etwas anders kam. Zum Beispiel wäre es recht nett gewesen, zwischen den beiden Mädchen auf dem Rücksitz zu fahren. Jetzt würde ich vermutlich vorn beim Chauffeur sitzen müssen. Oder besser noch, Elsie und ich könnten vorne sitzen – Platz war genug – und den Rücksitz dem Minister überlassen, damit er sich mit der Freundin schon mal ein bisschen bekannt machen könnte.

Letztlich hätte ich mir die Überlegungen sparen können. Die Freundin – ich weiß nicht, wo ich den Namen des Mädchens gelassen habe – konnte wegen einer plötzlichen Erkrankung nicht mitkommen. Ich war sehr enttäuscht und sogar ein bisschen böse, obwohl Elsie schwor, dass das Mädchen wirklich krank sei. Zum Glück schien es Chief Nanga nicht das Geringste auszumachen, was wohl auch wenig verwunderlich war bei einem Mann, dem so viele Frauen nur zu gern zu Willen waren.

Ich erinnere mich, dass er auf der Rückfahrt, bei der Elsie zwischen uns beiden im Fond saß, zwei- oder dreimal betonte, dass sich am morgigen Abend eine wichtige Kabinettssitzung wahrscheinlich die ganze Nacht hinziehen werde und er deshalb in dieser seinen Schlaf brauche. Anfangs dachte ich, er gibt einfach vor dem Mädchen an, dann hatte ich ihn im Verdacht, damit keck andeuten zu wollen, dass wir freie Bahn hätten. Aus lauter Dankbarkeit begann ich, Elsie darzulegen, wie wenig Zeit ihm für sich und seine Familie bleibe.

»Sollte dich je einer zum Minister machen wollen«, erklärte Chief Nanga zustimmend, »dann *make you no gree* – lass dich bloß nicht drauf ein. *No be good life.*«

»Schwer ruht das Haupt, das eine Krone drückt«, sagte Elsie.

»*Na true,* meine Schwester«, sagte Chief Nanga.

»Ich sagte dir doch, dass Chief Nanga heute um sechs eine Buchmesse eröffnen wird, oder?«, sagte ich.

»Buchmesse?«, fragte Elsie. »Wie geht das noch gleich?«

»Schwester, das können Sie die gerne für *me-o* mal fragen. Ich dachte schon, ich bin der Einzige, der noch nie von dergleichen gehört hat. Aber sie sagen, ich bin Kulturminister, also muss ich hin. *I no fit say no* – ich kann ja schlecht nein sagen. Was ist schon ein Minister anderes als jedermanns Fußball? Also muss ich, statt mich hübsch gemütlich zu Hause hinsetzen zu können, *sidon rest* wie andere Leute, an diesem heißen Nachmittag geschwollen daherreden – *I de go knack grammar.* Ich hab's wirklich schwer.«

Wir lachten alle, auch der Fahrer, dessen Gesicht ich im Spiegel sehen konnte. Wir scherzten und lachten den ganzen Weg zur Villa. In Chief Nangas Gesellschaft gab es nur gute Laune.

Vor der Messehalle empfing uns der Präsident des Autorenverbands, ein Bursche, mit dem ich an der Universität recht gut bekannt gewesen war. Er war mir damals, bevor er Schriftsteller wurde, ziemlich normal vorgekommen. Aber seit der Veröffentlichung seines Romans *Der Gesang der Schwarzdrossel* hatte er sich offenbar sehr verändert. Ich hatte in einer Publikumszeitschrift ein Interview mit ihm gelesen, aus dem hervorging, dass er als extremer Nonkonformist jetzt seine eigene Kleidung entwarf. Seinem Erscheinungsbild nach zu urteilen, nähte er sie auch noch eigenhändig. Er trug ein quadratisches blauweißes Gewand mit rundem Ausschnitt ohne Knöpfe zu braungestreiften, ausgebeulten Hosen aus dem leichten Leinenstoff, der bei uns gelegentlich ›Gehorcht-dem-Wind‹ genannt wird. Er hatte einen langen, ungepflegten Bart.

Ich hätte erwartet, dass der Kulturminister eines Landes wie des unseren die paar Schriftsteller alle persönlich kennen würde. Aber es zeigte sich, dass Chief Nanga den Namen des Mannes noch nie gehört hatte.

»Er ist der Autor von *Gesang der Schwarzdrossel*«, sagte ich.

»Aha«, meinte Chief Nanga, der mit den Gedanken unübersehbar woanders war.

»Dann gehören Ihrem Verband auch Musiker an?«, fragte er mit wiedergefundenem Interesse. Bis Jalio jedoch sein Nein herausgebracht hatte, war er abermals abgelenkt.

»Tag, Jalio«, sagte ich und reichte ihm die Hand zu einem geradezu mitleidigen Schütteln. Er grüßte und nahm meine Hand, erinnerte sich aber offenbar nicht an meinen Namen und schien auch nicht sonderlich interessiert. Das kränkte mich sehr und machte mir sogleich einen schlechten Eindruck von ihm und seinen Allüren.

»Sie haben mir gar nicht gesagt, Mr … äh …«, meldete sich jetzt plötzlich wieder der Minister.

»Jalio, Sir.«

»Danke. Mr Jalio, warum haben Sie mir gar nicht gesagt,

dass Sie zu diesem Termin Botschafter erwarteten?« Sein Blick flog noch immer über die geparkten Wagen dahin, einige mit Diplomatenkennzeichen und den offiziellen Standarten auf beiden Kotflügeln.

»Tut mir leid, Sir«, sagte Mr Jalio, »aber …«

»Und da präsidieren Sie bei einer solchen Veranstaltung?« Das letzte Wort wurde von der Aufwärtsbewegung eines verächtlichen linken Zeigefingers begleitet, die Mr Jalios gesamte Erscheinung erfasste. »Aus welchem Landesteil stammen Sie?«, fragte er.

Ich war gespalten. Hätte Jalio nicht so affig getan, hätte er meine volle Sympathie gehabt, aber so war es mir ehrlich gesagt nicht unrecht, ihn gemaßregelt zu sehen.

»Nennt man das bei Ihnen Nationaltracht?«, stichelte Chief Nanga gnadenlos weiter.

»Ich kleide mich, wie es mir beliebt, Sir«, sagte der Schriftsteller nun trotzig.

»Ich sage Ihnen mal was, mein Lieber«, fuhr Chief Nanga etwas milder, aber doch energisch fort. »Wenn Sie mich bei Ihren Veranstaltungen sehen wollen, müssen Sie sich vernünftig kleiden. Sie haben entweder einen Anzug zu tragen … oder, wenn Ihnen das nicht passt, eben Nationaltracht. So will es das Protokoll.«

Das Ganze wurde mir langsam peinlich, umso mehr, als Chief Nanga den Anzug mit einer Wendung des Kopfs und einem anerkennenden Nicken in meine Richtung ins Spiel gebracht hatte, denn so wenig mir Jalios gewollt exzentrische Kleidung gefiel, so wenig wollte ich als Musterbeispiel für eine korrekte Erscheinung angeführt werden.

Dann erinnerte uns Chief Nanga plötzlich in väterlich versöhnlichem Ton, dass wir Jungen schließlich die künftige Elite unserer großen Nation seien.

»Mir ist es egal, ob ihr mich achtet oder nicht«, sagte er, »aber wie eines unserer Sprichwörter sagt: Wer heute dem König Respekt zollt, wird morgen Respekt genießen … Wir sollten reingehen.«

Trotz des unglücklichen Auftakts ließ Mr Jalio es sich nicht nehmen, viel Schmeichelhaftes über Chief Nanga zu sagen, wenn auch mit düsterer Miene. Es sei nur recht und billig, sagte er, dass man Chief Nangas Bemühungen um die afrikanische Kultur – Bemühungen, die alle Welt zu würdigen wisse – Tribut zolle und eine Universität im fernen Amerika ihn demnächst sogar mit einem Doktortitel ehren werde.

Chief Nanga erhob sich majestätisch und warf mit einer geschmeidigen Bewegung die Ärmel seines Gewands über die Schultern zurück. Er legte nicht gleich mit dem vorbereiteten Skript los, sondern erlaubte sich vorher ein paar eigene Bemerkungen. Er wandte sich nach dem Präsidenten des Autorenverbands um, dankte und musterte ihn einen Augenblick, so dass ich schon befürchtete, er könne zur Frage der Garderobe zurückkehren. Doch zum Glück tat er es nicht; er lächelte nachsichtig und ein bisschen verschmitzt und sagte, es sei ihm eine große Ehre, auf Einladung Mr Jalios diese Messe zu eröffnen.

»Wie Sie wissen, ist Mr Jalio der Präsident eines Verbands, der viel dafür getan hat, die Welt mit dem afrikanischen Naturell bekanntzumachen. Mr Jalio selbst hat, wie ich höre, herrliche Gesänge komponiert, die … äh … wie hießen sie noch gleich?«, fragte er Mr Jalio.

Zum Glück hielt man das für ein Bonmot und freute sich. Und an ihrem munteren Lachen erkannte ich in der Reihe dann vor uns auch Jean. An ihrer Seite saß ihr Mann John; ich hatte nicht gewusst, dass er schon zurück war. Ich flüsterte Elsie ins Ohr, dass diese Frau die Gastgeberin der Party gewesen sei, die ich erwähnt hätte.

»Die gerühmte Elsie also?«, flüsterte sie zurück.

»Nein, eine Freundin.«

»*So no be only one* – es gibt also nicht mal nur eine«, grinste sie. »Der große Odi.« Sie nannte mich häufig kurz Odi.

Ich hörte nicht sonderlich auf Chief Nangas Rede. Wenn nämlich Elsie und ich uns nicht gerade etwas ins Ohr flüsterten, dachte ich an den kommenden Abend oder sogar an belanglose Dinge wie die Kleidung mancher Anwesenden. Ein Mann fiel mir besonders auf. Sein Gewand war aus einem teuer aussehenden europäischen Wollstoff gefertigt – was für sich genommen nicht mehr so ungewöhnlich war. Aber überraschend fand ich, dass der Schneider die schmale gelbe Webkante des Stoffs, die der Hersteller zu einer Endloswerbung in schwarzen Lettern genutzt hatte: 100 % PURE WOOL – MADE IN ENGLAND, in seine Kreation einbezogen hatte. Er hatte die Werbung auf beiden Ärmeln zur Schmuckborte gemacht. Mich erstaunte erneut die endlose Findigkeit meiner Landsleute, besonders in Kleidungsfragen. Und mir fiel auf, dass der Mann, wenn er die Ärmel hochschlug, was er alle zwei, drei Minuten tat, sehr sorgfältig darauf achtete, das Gütesiegel nicht in den üppigen Falten des Gewands verschwinden zu lassen. Er trug zudem eine schwere Goldkette.

SIEBTES KAPITEL

Chief Nanga war der geborene Politiker; er konnte sich in Wort und Tat fast alles erlauben. Und solange die Menschen sich von Herz und Magen leiten lassen, statt ihren Kopf zu benutzen, werden die Chief Nangas dieser Welt sich weiterhin alles erlauben können. Nanga besaß die seltene Gabe, die Menschen, selbst wenn er ihnen Unerfreuliches zu sagen hatte, glauben zu machen, er könne kein Tröpfchen trüben. Ich musste an den Tag denken, an dem er in meinem Beisein am Telefon zu einem Kabinettskollegen sagte, er traue unseren jungen Universitätsleuten nicht und arbeite grundsätzlich lieber mit Europäern. Was mir da zu Ohren kam, war skandalös, aber irgendwie konnte ich das nicht ganz ernst nehmen. Mir selbst war er doch so offen und freundlich und keineswegs argwöhnisch begegnet. Die schärfste Kritik, die ein Mann seines Schlages in unserem Land auf sich zog, war ein nachsichtiges *Make you no min am* – man kann ihm nichts nachtragen.

Mit so einem Pfund kann man natürlich ordentlich wuchern, es schützt einen bestens vor den zu erwartenden Folgen jedes Fehlverhaltens wie auch vor der Schande und Peinlichkeit der Ignoranz. Wie sonst ist zu erklären, dass einem Kulturminister applaudiert wird, der in aller Öffentlichkeit demonstriert, dass er vom berühmtesten Roman seines Landes noch nie gehört hat –, und gleich noch einmal, wenn er prophezeit, dass unsere große Nation eines Tages Autoren wie Shakespeare, Dickens, Jane Austen, Bernard Shaw – und mit kurz vom Redemanuskript erhobenen Blick – Michael Philip West und Dudley Stamp hervorbringen werde.

Nach der Ansprache schossen Mr Jalio und der Herausgeber des *Daily Matchet* auf ihn zu, um ihn zu beglückwünschen und ihn sofort um Abschriften der Rede zu bitten. Chief Nanga zog kurzerhand zwei frische Kopien aus seiner Mappe, beugte sich über den Tisch und ergänzte den Text in seiner gestochen klaren Handschrift, indem er der Liste der berühmten englischen Schriftsteller die beiden Namen hinzufügte.

Den Herausgeber kannte ich bereits von dem Besuch, den er dem Minister wenige Tage zuvor abgestattet hatte. Der schmierige Kerl schien zunächst wenig erfreut über meine Anwesenheit im Raum, und ich hatte scharf auf den kleinsten Wink vonseiten Chief Nangas geachtet, dass ich die beiden allein lassen solle. Aber es kam kein solcher Wink. Mir war im Gegenteil so, als wolle Nanga mich unbedingt dabeihaben. Also blieb ich. Der Besucher brauchte ewig, um auf sein eigentliches Anliegen zu sprechen zu kommen – was immer es war. Ich kriegte nur mit, dass er zu irgendetwas Zugang habe, was er im Interesse Chief Nangas vorerst zurückhalte. Klar schien jedoch, dass der Minister der Sache keine große Bedeutung beimaß; vielmehr schien er den Burschen gründlich sattzuhaben, ohne es sagen zu dürfen. Und die ganze Zeit gab der Journalist eine Anekdote nach der anderen zum Besten, und in seinen Mundwinkeln bildeten sich widerliche weiße Schaumflecken. Er leerte zwei Flaschen Bier, rauchte zahllose Zigaretten und erhielt vom Minister nach Klagen über gewisse Schwierigkeiten mit seinem Vermieter wegen ausstehender Zahlungen eine kleine »Spritze« von fünf Pfund. Angeblich ging es genau genommen nicht um Mietschulden, sondern war, da der Vermieter und der Journalist verschiedenen Stämmen angehörten, die ethnische Frage zu berücksichtigen.

»Da siehst du, was es heißt, Minister zu sein«, bemerkte Chief Nanga, sobald der Besuch sich verabschiedet hatte. Er klang ungewohnt müde, und plötzlich tat er mir leid. Für seine Verhältnisse wirkte er geradezu bedrückt. »Stecke ich ihm heute nichts zu, schreibt er morgen irgendeinen Mist über mich. Das nennt man dann Pressefreiheit. Eher wohl die Freiheit, unschuldige Männer zu kreuzigen und ihren guten Leumund zu meucheln. Ich weiß nicht, warum unsere Regierung solche Angst hat, ihnen das Handwerk zu legen. Ich sage ja nicht, dass sie nicht kritisch berichten sollen – keiner ist vollkommen, das ist nur Gott –, aber es sollte konstruktive Kritik sein …« Als daher dieser selbe Journalist am Messetag herbeieilte, um sich eine Kopie der Rede zu sichern, und rief: »Erstklassig, Sir. Ich werde sie auf der ersten Seite drucken statt der Geschichte, die ich dem Minister für Bau und Verkehr versprochen habe«, fragte ich mich, ob er ahnte, wo er sich, wenn es nach Chief Nanga ginge, seine Geschichten hinstecken könnte.

Es muss gegen acht Uhr gewesen sein, auf jeden Fall schon dunkel, als wir vom Messegelände zum Haus zurückfuhren. Sobald der Wagen sich in Bewegung setzte, nahm ich Elsies Hand, und wir verschränkten in ihrem Schoß unsere Finger ineinander, dann legte ich ihr forsch besitzergreifend den Arm um die Schultern.

»Das war eine sehr schöne Rede, zumal Sie so wenig Zeit hatten, sie vorher noch zu studieren«, sagte ich, einfach, um Konversation zu treiben, während ich in Wirklichkeit vor Vorfreude bebte. In mir stieg ein Bild auf, das ich so noch nie gehabt hatte. Ich sah Elsie – oder vielmehr sah ich sie nicht –, vollkommen mit dem Dunkel in meinem Zimmer verschmelzen, anders als Jean, die halb sichtbar geblieben war, wie ein Phantom, als sie sich im Dunkeln ankleidete.

»Ein altes Weib, das die Musik spielen hört, weiß, dass das Alter von ihr abfallen wird«, sagte Chief Nanga in unserer Sprache. Ich lachte lauter, als es das Sprichwort verdiente, und übersetzte für Elsie, die eine andere Sprache sprach. Wir nutzten die Heiterkeit, um uns noch näherzukommen, bis der Arm, den ich ihr umgelegt hatte, unter ihren Arm an ihre Brust glitt und ich sie an mich drückte.

Nach unserer Ankunft tranken Chief Nanga und ich Whisky; Elsie ging hinauf, um sich umzuziehen.

Übrigens hatte ich einen Schreck bekommen, als wir am Nachmittag vom Krankenhaus zunächst zur Villa gefahren waren und Chief Nanga seinem Butler aufgetragen hatte, Elsies Tasche ins leere Zimmer seiner Frau zu bringen. Aber ich hatte mich gleich damit beruhigt, dass er einfach Takt und Diskretion walten ließ, und war genauso dankbar gewesen wie bei seiner Erwähnung der nächtlichen Kabinettssitzung.

Zwischen meiner Suite im Erdgeschoss und dem Zimmer, in dem Elsie untergebracht war, lag nur eine kurze Treppe. Sobald alles still wäre, würde ich leise hinaufschleichen, an ihre Tür klopfen, sie abholen und in die Suite hinunterführen, wo wir so tun könnten, als wüsste unser Gastgeber von nichts.

Wir genossen ein köstliches Mahl aus Reis, goldgereiften Plantains und gebratenem Fisch. Elsie, selbst zum Vernaschen in einem schimmernden gelben Kleid, kam noch mal auf den Präsidenten des Autorenverbands und seinen komischen Aufzug zurück. Ich schwang mich zu einer halbherzigen Verteidigung auf.

»Schriftsteller und Künstler ganz allgemein benehmen sich manchmal komisch«, sagte ich.

»Ich denke, er wird meinen Rat befolgen«, sagte Chief Nanga. »Der junge Mann hat gute Umgangsformen.«

Seine Worte überraschten mich sehr. Ich erklärte sie mir mit der Lobhudelei der einführenden Worte Jalios oder vielmehr damit, dass Chief Nanga die geradezu devote Dezenz keineswegs entgangen war, mit der einer der Botschafter sich Jalio genähert und ihm ein Exemplar dessen Buchs für ein Autogramm hingestreckt hatte. Ich hatte kurz zu Chief Nanga hinübergesehen und auf seinem Gesicht ungläubiges Staunen entdeckt, aber selbst das erklärte nicht recht, weshalb er

Jalio so kurz nach ihrem Zusammenstoß plötzlich ›gute Umgangsformen‹ bescheinigte.

Die Formulierung ›gute Umgangsformen‹ machte mir dabei fast ebenso viel Eindruck wie die implizierte Bewunderung. Schwer zu sagen, ob echt oder nicht, die Entscheidung schien mal wieder kaum möglich. Chief Nanga gehörte zu den Glücklichen, die gerade genug Englisch konnten (und nicht ein einziges Wort mehr), um sich nachdrücklich, ungeniert und blumig zu äußern. Ich erinnere mich, dass er mir erzählt hatte, er sei auf der Fahrt von Anata nach Bori einmal »verreckt«. Da er noch lebte, war ich zunächst irritiert, bis mir im Laufe des Berichts klarwurde, dass nur der Wagen ›verreckt‹ war.

Ich zog mich bald nach dem Abendessen demonstrativ zurück. Und Elsie begriff. Als ich noch einmal um die Ecke lugte, saß sie nicht mehr im Wohnzimmer. Chief Nanga aber hockte da unverrückbar mit seiner Mappe und der längst gehaltenen Rede. Alle zwei Minuten ging ich an die Tür und spähte hinaus: Er saß da noch immer. War er eingenickt? Nein, sein Blick schien über die Zeilen zu wandern. Langsam wurde ich sauer. Warum ging er mit dem verflixten Manuskript nicht in sein Arbeitszimmer? Was mich aber fast noch tiefer traf, war, dass ich einfach nicht den Mumm aufbrachte, durchs Wohnzimmer zur Treppe zu marschieren. Vielleicht erwartete er ja genau das von mir. Aber ich kann versichern, dass es mir bei solchen Gelegenheiten normalerweise nicht an Entschlossenheit mangelt. Nur hatte mir Chief Nanga quasi gleich zu Beginn den Schneid genommen, als er die Angelegenheit zu einer eher heiklen machte, so dass es weniger um Entschlossenheit ging als um die Frage, ob ich bereit war, Elsie vor Fremden als Flittchen hinzustellen. Mir blieb nichts anderes übrig, als innerlich brodelnd abzuwarten. Ich hockte mich auf die Bettkante, sprang wieder auf, ich tigerte barfuß im Pyjama in meinem Zimmer herum.

Eine geschlagene Stunde dauerte es, bis Chief Nanga schließlich das Licht löschte und sich zurückzog. Ich ließ noch fünf bis zehn Minuten verstreichen, damit er auch wirklich im Bett wäre und ich mich von der Zitterpartie erholt und sich die Unruhe gelegt hätte, in die mich eine baldige Befriedigung stets versetzt. Dann schlich ich auf Zehenspitzen zur Treppe und tastete mich am hölzernen Geländer hinauf. Als ich auf dem oberen Treppenabsatz stand, waren meine Augen in der Dunkelheit halbwegs heimisch, und ich fand mühelos zu Elsies Tür. Ich hatte die Hand schon auf dem Knauf, als ich drinnen Stimmen vernahm. Ich erstarrte. Als ich ein Lachen hörte, machte ich sofort kehrt und hastete die Treppe hinab. Ich ging nicht gleich auf mein Zimmer, sondern stand eine halbe Ewigkeit im Wohnzimmer. Was in mir vorging, bleibt diffus; ich kann es nicht wiedergeben. Ich entsinne mich nur, mir schließlich gesagt zu haben, ich zöge voreilige Schlüsse, Chief Nanga habe wahrscheinlich bloß kurz die Verbindungstür geöffnet, um gute Nacht zu wünschen und ein paar Höflichkeiten auszutauschen. Ich beschloss, ihm noch ein, zwei Minuten Zeit zu geben, dann die ganze Leisetreterei sein zu lassen, schnurstracks hinaufzugehen und bei Elsie zu klopfen. Ich kehrte solange in die Suite zurück, knipste die Nachttischlampe an, die nicht über einen Schalter, sondern über eine kurze Silberkordel bedient wurde, und warf einen Blick auf meine auf einem Hocker abgelegte Uhr. Es war schon nach halb elf. Das machte mir Beine. Es war viel später, als ich gedacht hätte. Ich stürzte ins Wohnzimmer und wollte gerade die Treppe hinaufstürmen, als ich Elsie wie von weither lustvoll meinen Namen rufen hörte.

Im Rückblick ist mir unbegreiflich, weshalb ich nichts unternahm. Meine Beine, schwer wie Blei, gehorchten mir nicht, während sich in meiner Brust ein gewaltiger Druck aufbaute. Doch noch bevor ich vor Wut explodieren konnte, verpuffte sie und ließ mich in- wie auswendig leer zurück. Ich stapfte in dem Wahn die Treppe hinauf, dass Elsie mich zu Hilfe riefe gegen ihren Verderber. Als ich jedoch die Tür erreichte, überwältigte mich ein solcher Ekel und Hass, dass ich abrupt kehrtmachte und zum letzten Mal die Treppe hinabstieg.

Ich saß auf meinem Bett und rang um Klarheit, den Kopf in den Händen. Aber ein riesiger Vorschlaghammer bearbeitete mein Hirn wie einen Amboss, und meine Gedanken stoben wie Funken. Es dauerte, ehe ich begriff, dass Taten gefordert waren, schnelles, entschiedenes Handeln. Ich stand auf, ging mechanisch umher und sammelte meine Siebensachen ein. Ich hatte keine klare Vorstellung, wie es weitergehen sollte, aber das spielte vorerst keine Rolle; der Moment überschattete alles. Ich hob meine Sachen einzeln aus dem Schrank, faltete sie und schichtete sie ordentlich in den Koffer, dann holte ich das Zeug aus dem Badezimmer und legte es dazu. Für diese schlichten Handgriffe muss ich sehr lange gebraucht haben. Und in dieser ganzen Zeit dachte ich eigentlich gar nichts. Ich biss mir nur auf die Unterlippe, bis sie wund war. Gelegentlich entschlüpften mir vernehmbare Bemerkungen wie »du lieber Himmel«. Als ich gepackt hatte, ließ ich mich in einen Sessel sinken, dann stand ich wieder auf und ging hinaus ins Wohnzimmer, um zu horchen, ob von oben noch etwas zu hören war. Aber dort war jetzt alles dunkel und still. Ich entsinne mich, »Du liebes Bisschen!« gesagt zu haben, dann kehrte ich in die Suite zurück, um auf Elsie zu warten. Denn ich wusste, sie würde kommen und Tränen der Scham vergießen, und ich würde sie aus dem Haus werfen und hinter ihr für immer die Tür zuschlagen. Ich wartete und wartete, und dann, so unwahrscheinlich es klingen mag, schlief ich ein. Als ich hochschreckte, packte mich das dumpfe Grauen der Erkenntnis, dass etwas Entsetzliches passiert war, ohne mich zunächst erinnern zu können, was. Ich war natürlich bloß eine Sekunde im Ungewissen, höchstens. Gleich stellten sich die Erinnerung und der Schock wieder ein, und der demütigende Schmerz der Wunde brach erneut auf und brannte noch schlimmer als beim ersten Schlag. Auf meiner Uhr war es kurz nach vier. Und Elsie war nicht gekommen. Meine Augen schwammen in Tränen, was mir wer weiß wie lange nicht mehr passiert war. Aber ich hielt sie zurück. Ich legte meinen Pyjama ab, kleidete mich an und verließ die Suite durch den gesonderten Eingang.

Ich ging Stunden ziellos umher, hielt mich dabei aber an die besser beleuchteten Straßen. Tau benetzte meinen Kopf und dämpfte die Empfindungen. Bald lief mir die Nase, und weil ich kein Taschentuch eingesteckt hatte, schneuzte ich in den Straßengraben, indem ich mit dem Zeigefinger erst das eine, dann das andere Nasenloch zudrückte. Bei Morgengrauen lichtete sich mein Kopf etwas, und ich sah Bori erwachen. Ich begegnete einem Nachtkarrer, der seinen Eimer mit Unflat oben auf einem zerdrückten, tief in die Stirn gezogenen Filzhut balancierte, während er Mund und Nase wie ein Gangster mit einem schwarzen Tuch schützte. Ich sah Bettler unter den Vordächern feiner Kaufhäuser schlafen und einen Verrückten kerzengerade neben dem Korb voll Müll sitzen, den er sein Eigen nannte. Die ersten roten Busse fuhren leer an mir vorbei, gegen sechs sah ich die Straßenlaternen verlöschen. Ich sog diese Details mit der jungen Morgenluft in mich auf. Seltsam vielleicht, dass ein Mann, dem so vieles durch den Kopf ging, Zeit gehabt haben soll, auf diese kleinen, belanglosen Dinge zu achten; das erinnert an den Mann aus dem Sprichwort, der auf dem Kopf den Kadaver eines Elefanten trägt und mit den Zehen nach Grillen wühlt. Aber so war es. Anscheinend besitzt kein Gedanke – wie groß auch immer – die Macht, alle anderen zu verdrängen.

Während ich zur Villa zurückwanderte, versuchte ich vergeblich, mir die richtigen Worte für Chief Nanga zurechtzulegen. Und was Elsie betraf – ich hätte wissen müssen, dass sie ein gewöhnliches Flittchen war, dazu war nichts weiter zu sagen.

Als ich um die letzte Ecke bog, stand Chief Nanga vor der Toreinfahrt und hielt offenbar nach mir Ausschau. Er blickte gerade in die andere Richtung und sah mich nicht gleich. Am liebsten hätte ich auf dem Absatz kehrtgemacht. Zum Glück gab ich dem Fluchtinstinkt nicht nach, denn er drehte sich prompt um, sah mich und kam auf mich zu.

»Wo warst du, Odili?«, fragte er. »Wir – ich – habe dich gesucht, fast hätte ich neun-neun-neun gewählt.«

»Sagen Sie zu mir kein Wort mehr«, herrschte ich ihn an.

»Bitte?! Die Ochsen kälbern! Was hast du nur, Odili?«

»Ich sagte, kein Wort mehr«, erwiderte ich so kühl wie möglich.

»Die Ochsen kälbern! Geht es um die Kleine? Aber du hast doch gesagt, das wäre nichts Ernstes mit euch beiden. Ich habe dich extra gefragt, weil ich Missverständnisse gern vermeide … und ich dachte, du wärst müde und schon mal ins Bett gegangen …«

»Hören Sie, Mr Nanga, bewahren Sie ein bisschen Haltung. Provozieren Sie mich nicht noch weiter, es sei denn, Sie wollen unsere Namen heute noch in der Zeitung lesen.« Selbst in meinen Ohren klang ich fremd. Chief Nanga war richtig betroffen, vor allem, als ich ihn mit Mister ansprach.

»Heute mögen Sie den Sieg davongetragen haben«, fuhr ich fort, »aber sehen Sie sich vor. Ich werde als Letzter lachen. Ich vergesse nicht.«

Elsie stand mit verschränkten Armen vor der Tür, als ich durchs Tor kam. Sie stürzte sofort ins Haus und verschwand.

Als ich meinen Koffer heraustrug, trat Chief Nanga, der seit meiner Drohung kein Wort mehr gesagt hatte, vor, um mir in einem letzten Versöhnungsversuch die Hand auf die Schulter zu legen.

»Rühren Sie mich nicht an!« Ich duckte mich weg wie jemand, der einen Leprakranken meidet. Er zuckte sofort zurück, sein Lächeln erstarrte, und ich war zufrieden.

»Sei nicht kindisch, Odili«, sagte er väterlich. »Schließlich ist sie nicht deine Frau. Was soll der Unsinn? Sie hat mir gesagt, zwischen euch beiden sei nichts, und du hast das Gleiche gesagt ... Wie dem auch sei, es tut mir leid, wenn du gekränkt bist, mein Fehler. Ich entschuldige mich in aller Form. Wenn du willst, bringe ich dir heute Abend sechs Mädchen. Du wirst dich so austoben, dass du drum bettelst – *sotay you go beg* –, aufhören zu dürfen. Ha, ha, ha, ha!«

»Was für ein Land!«, sagte ich. »Sie nennen sich Kulturminister, Gott steh uns bei.« Und dann spuckte ich, nicht voll, eher angedeutet, aber unmissverständlich.

»Jetzt hör mal gut zu, Odili ...« – er fiel über mich her wie ein fletschender Leopard – »... ich lasse mir von einem Amateur wie dir wegen so einem gewöhnlichen kleinen Ding keinen Quatsch bieten, verstehst du? Wenn du mich weiter beleidigst, mache ich dir Ärger – *I go show you pepper.* Ihr jungen Leute heute, ihr seid wirklich sehr undankbar. Hat man noch Töne! Also, beleidige mich bloß nicht *again-o* ...«

»Sie können mir *fuck-all* gar nichts anhaben«, sagte ich. »Sie sind nichts weiter als ein Busch- ...« Ich verkniff mir den Rest und marschierte ab, wuchtete meinen Koffer an dem einäugigen Handlanger Dogo vorbei, der wohl unsere erhobenen Stimmen gehört hatte und in dem Lendentuch, das er nachts trug, aus dem Boys-Trakt gestürzt war, um nach dem Rechten zu sehen.

»Was brüllt der Junge so *for master in face?*«, hörte ich ihn fragen.

»Vergiss den Idioten«, sagte Chief Nanga.

»Der soll Master beleidigen dürfen und damit *comot* – durchkommen? Hey! *My frien!*«, brüllte er und kam mir hinterher. »Hörst du?« Sein Ton war drohend.

Ich hatte den halben Weg zum unteren Tor zurückgelegt.

Ich wandte mich frech um, sagte aber dann lieber doch nichts, sondern kehrte ihnen den Rücken und ging weiter.

»Lass ihn, Dogo. *Make e carry im bad luck de go* – soll er das Pech im Gepäck mitnehmen. Ich bin selber schuld, dass ich ihn hergeholt habe. Schnöder Schnösel!«

Ich hatte das Tor erreicht, aber seine Stimme trug weit, und ich hörte jedes Wort.

Ich fuhr mit dem Taxi zu meinem Freund Maxwell. Maxwell Kulamo, Jurist, war ein Klassenkamerad an der Höheren Schule Anata gewesen. Wir hatten ihn damals Kulmax beziehungsweise Cool Max gerufen, und das taten seine engsten Freunde noch immer. Er war unser Schulpoet gewesen, und nie werde ich die Schlussverse des Preisgedichts vergessen, das er verfasste, als wir unseren Erzrivalen den Juniorenfußballpokal entrissen:

> Den Außenverteidigern ein Hurra hip-hip!
> (Das jubelt euch zu Cool Max, Chronist.)

Max war schon fürs Gericht gekleidet, als ich eintraf (Nadelstreifenhose und schwarze Robe), saß aber noch beim Frühstück. Meine gezügelte Zunge beim Wortwechsel mit Chief Nanga und die recht lange Taxifahrt hatten es mir ermöglicht, ein einigermaßen passables Gesicht aufzusetzen.

»Da sieh einer an!«, rief Max und schüttelte mir begeistert die Hand. »Strebsama! Bist du es wirklich?« ›Strebsama‹ war die Verballhornung meines Nachnamens Samalu, mit der ich auf der Schule hatte leben müssen.

»Cool Max!«, begrüßte ich ihn meinerseits freudig. »Der allseits bekannte Chronist!« Wir lachten und lachten, und die Tränen, die ich am Abend zuvor zurückgehalten hatte, stiegen mir jetzt wieder in die Augen. Max ahnte nichts und glaubte sogar, ich sei gerade erst von daheim angereist. Ich erzählte ihm etwas verlegen, dass ich bereits einige Tage in der Stadt gewesen sei, es aber nicht geschafft hätte, ihn zu benachrichtigen. Er fasste das als Anspielung darauf auf, dass er keinen eigenen Telefonanschluss besaß, was wiederum ein ungutes Licht auf seine berufliche Lage werfen sollte.

»Ich stehe seit zwei Monaten auf der Warteliste«, verteidigte er sich. »Ich habe nämlich niemanden geschmiert, verstehst du, und kenne keine große Nummern … Du hast also bei dem korrupten, hohlköpfigen Analphabeten und Großkapitalisten gewohnt. *Sorry-o.*«

»Ging nicht anders«, sagte ich. »Er ist immerhin mein alter Lehrer, weißt du.«

Ich stippte inzwischen Brotstücke in den heißen Kakao, den mir Max' Boy bereitet hatte. Chief Nanga und Elsie schienen schon so weit weg, dass ich von ihnen fast hätte sprechen können wie von flüchtigen Bekannten. Aber ich hatte nicht die Absicht, Max jetzt mit Geschwätz aufzuhalten. Auf keinen Fall wollte ich, dass er glaubte, ich käme nur deshalb auf ihn zurück, weil ich die Fleischtöpfe bei Chief Nanga nicht mehr recht genießen konnte.

Schon nach Minuten fühlte ich mich bei ihm so entspannt und heimisch, dass ich mich fragte, welche üble Laune des Schicksals mich überhaupt zu Chief Nanga geführt hatte.

ACHTES KAPITEL

Erst als Max gegen neun zum Gericht aufgebrochen war, traf mich die volle Wucht der Demütigung des Vorabends. Hitze und Wut waren weitgehend verdampft, und zurück blieb die eiskalte Tat eines Mannes, der mir die Freundin aus der Hand gerissen hatte und vor meiner Nase mit ihr ins Bett gestiegen war; und ich hatte nichts dagegen unternommen – hatte nichts unternehmen können. Warum? Weil der Mann Minister war, sich an seinem unseriös erworbenen Reichtum satt aß, in einer großen, mit öffentlichen Mitteln errichteten Villa lebte, im Cadillac herumchauffiert und von einem einäugigen Schergen bewacht wurde. Und als wäre das nicht schon genug, besaß er die obszöne Unverschämtheit, zu behaupten, er habe geglaubt, ich sei zu müde! Ein Mann von fünfzig oder mehr Jahren mit einem Sohn auf der höheren Schule und einer Frau, deren *lappa* sich zwischen ihren Hinterbacken verklemmte, hielt mich für zu müde! Und ich saß da und tat nichts, außer zu überlegen, ob Elsie wohl heute ins Krankenhaus zurückkehren oder eine weitere Nacht bei Chief Nanga verbringen würde. Am späten Nachmittag trieb mich sogar der verrückte, lachhafte Gedanke um, ich könnte eine Telefonzelle suchen und einen anonymen Anruf tätigen. Natürlich verwarf ich die schändliche Idee gleich wieder.

Aber es ist nicht ganz auszuschließen (in Anbetracht dessen, wie alles dann kam), dass diese schwächlichen und billigen Erwägungen im Grunde nur die schwerwiegenden Entscheidungen vernebelten, die sich unbemerkt vorbereiteten. Das hatte Ähnlichkeit mit der Theorie zu schriftlichen Prüfungen, die einer meiner Dozenten uns gern vortrug. Er meinte, das richtige Vorgehen bei Examina sei es, erst alle Fragen hintereinander weg durchzulesen, dann die auszuwählen, die man beantworten wolle, und mit der einfachsten von diesen zu beginnen; er nahm nämlich an, dass das Unterbewusstsein, während man noch an der einfachen Frage sitze, schon längst die anderen sortiere. Die Probe aufs Exempel hatte ich bei meiner Abschlussprüfung gemacht, und obwohl das Ergebnis nicht gerade zwingend war, hätte es auch schlimmer ausfallen können.

Doch zur gegenwärtigen Frage des Chief Nanga schien mein Unterbewusstsein (oder eine ähnliche Instanz) von sich aus tätig geworden zu sein. Ich flatterte noch herum wie ein Vogel im Käfig, als ich plötzlich den Ausweg sah. Ich sah, dass es auf Elsie gar nicht ankam. Worauf es ankam, war, dass mich ein Mann behandelt hatte, wie es keinem Mann gegenüber einem anderen zusteht – selbst wäre der eine Herr und der andere Sklave –, und so verlangte meine Mannesehre, dass er für die Schmach in gleichem Maße büßte. In Fleisch und Blut hieß das, dass ich zurückkehren, Nangas künftige Vorzeigefrau finden und sie ordentlich durchnehmen musste. Das alles schoss mir wie eine Erleuchtung durch den Kopf – einfach so, ohne Vorwarnung!

Ich trällerte daher vergnügt vor mich hin, als Max gegen Abend heimkehrte. Er versuchte, auf seinen Hausboy wütend zu werden, weil der mir meinen Anteil vom Lunch nicht serviert hatte, als er längst fertig war, aber ich nahm den Boy gleich in Schutz und behauptete, das habe er mir angeboten, aber ich hätte darauf bestanden, zu warten, was gar nicht stimmte.

Während wir aßen, erzählte ich Max von Elsie und Chief Nanga, wandelte die Geschichte in unwesentlichen Details etwas ab und gab mich unbekümmert, nicht nur, weil ich meine Demütigung herunterspielen wollte, sondern hauptsächlich, weil es mir nur noch um Rache ging.

»Du musst einer Frau einen *juju* anhexen, dann trifft es den alten Mistkerl«, meinte Max, als ich ihn aufgeklärt hatte.

»Ich kenne einen, der das gemacht hat«, sagte ich leichthin, »und der alte Mistkerl kam trotzdem ungeschoren davon.« Und da erzählte ich ihm die Geschichte von der Frau mit dem anbehaltenen Büstenhalter, in der Annahme, sie würde ihn amüsieren. Ich irrte mich.

»Was anderes interessiert die alle nicht«, sagte er mit ernster Miene. »Weiber, Autos, Grundbesitz. Aber was will man erwarten, wenn kluge Köpfe die Politik Analphabeten wie Chief Nanga überlassen?«

Der Eindruck eines relativ ruhigen Daseins, den mir Max' Wohnung am Morgen vermittelt hatte, erwies sich als Täuschung. Oder vielleicht hatten ein paar von Chief Nangas umtriebigen Eigenschaften auf mich abgefärbt, so dass ich als eigener kleiner Wirbelwind den Tatendrang dorthin mitgeschleppt hatte. Denn schon am ersten Abend hörte ich nicht nur von einer neuen politischen Partei, deren Geburt unmittelbar bevorstand, sondern ließ mich gleich als Gründungsmitglied aufnehmen. Max und ein paar Freunde, deren wachsende Desillusionierung darüber, was korrupte, mittelmäßige Politiker aus unserer harterrungenen Freiheit machten, hatten beschlossen, sich zusammenzutun und die CPC, die Common People's Convention, zu gründen.

Acht junge Menschen saßen an diesem Abend in seiner Wohnung. Bis auf einen waren es alles Bürger unseres Landes, überwiegend Akademiker. Die einzige Frau war eine bildschöne junge Anwältin, Max' Verlobte, wie ich später erfuhr; die beiden hatten sich an der London School of Economics kennengelernt. Des Weiteren gab es einen Gewerkschafter, einen Arzt, noch einen Anwalt, einen Lehrer und einen Leitartikler.

Max stellte mich, ohne sich vorher mit mir abgesprochen zu haben, als »vertrauenswürdigen Genossen« vor, dem »unlängst die Freundin von einem Minister ausgespannt« worden sei, ›»dessen Name hier ungenannt bleiben« solle.

Ich war natürlich nicht sonderlich scharf auf einen solchen Ersteindruck und Ruf. Also stellte ich richtig, dass die fragliche junge Frau streng genommen nicht meine Freundin gewesen sei, sondern eine Bekannte sowohl von Chief Nanga als auch von mir.

»Aha, es war also Chief Nanga?«, hakte der einzige Europäer in der Runde nach, worauf alle lachten.

»Wer sonst?«, bemerkte einer der anderen.

Der Weiße stammte, wie es schien, aus einem Ostblockland. Er ließ es sich nicht nehmen, mich im Vertrauen darauf hinzuweisen, dass er bloß als Freund von Max da sei. Überhaupt vertraute er mir im Stillen einiges an, während die anderen irgendwelche obskuren Details der Parteigründung besprachen. Ich fand, was er erzählte, nicht minder interessant als das Wie. Sein Englisch klang zwischendurch recht exotisch – als er zum Beispiel meinte, es sei wohltuend, Intellektuelle wie Max, mich und die anderen aus unserem »Turm aus Elephantenstoßzähnen« in die aktive Politik herabsteigen zu sehen. Und er streute in seine Äußerungen ständig ein quasi als Frage betontes »Ja« ein.

Ich muss sagen, die Idee einer Common People's Convention gefiel mir auf Anhieb. Mal ganz abgesehen von allem anderen wäre sie in meinem Köcher ein zweiter Pfeil, wenn ich mit Nanga abrechnete. Aber fürs Erste lag mir vor allem daran, Max und seinen Freunden nicht als Naivling zu erscheinen. Vermutlich wollte ich jeden Rest des Eindrucks tilgen, den Max' bedauerliche, wiewohl unbeabsichtigte Einführung meiner Person als Jammerlappen hinterlassen haben könnte. Ich setzte daher zu einer kleinen schwungvollskeptischen Rede an.

»Es ist sehr freundlich von Ihnen, meine Herren und meine Dame – ich wähle diese Reihenfolge mit Bedacht, weil wir uns schließlich in Afrika befinden –, es ist sehr freundlich von Ihnen, mich so bereitwillig in Ihrer Runde aufzunehmen. Und ich möchte Ihnen allen versichern, dass ich Sie gewiss nicht enttäuschen werde. Allerdings erlaube ich mir, ohne den Spielverderber geben zu wollen, anzumerken, dass mich an einer Partei, die sich Common People's Party nennt, doch etwas verwundert, in ihren Reihen nur hochqualifizierte Mitglieder zu finden …«

Alle erhoben zunächst gleichzeitig Einspruch, überließen dann aber Max den Vortritt.

»Das ist so nicht ganz richtig, Odili. Was du hier siehst, ist bloß die Vorhut der ersten Etappe. Wenn wir erst so weit sind, wird auch der Arbeiter zu uns stoßen, der Bauer, der Schlosser, der Schreiner …«

»Und natürlich der Arbeitslose«, sagte die eine Dame mit dem Selbstbewusstsein einer schönen Frau, die noch dazu Köpfchen hat, was mich immer ein bisschen erschreckt. »Außerdem, Freunde, lässt sich das auch historisch rechtfertigen. Die großen Revolutionen der Geschichte wurden von Intellektuellen angestoßen, nicht vom Proletariat. Karl Marx war kein Proletarier, er war nicht einmal Russe.«

Der Gewerkschafter klatschte ihr Beifall und rief: »Hört, hört!« Die anderen bekundeten ihre Zustimmung auf vielerlei Art.

Soso, dachte ich und verzichtete gleich ganz auf meinen nächsten Punkt, nämlich die Frage, wie die Sache denn finanziert werden sollte.

»Andererseits«, sagte Max, um seiner Rolle als vollendeter Vorsitzender auch gerecht zu werden, »kann ich Odili seinen Hinweis nicht verübeln. Er hat es schon immer mit der Gründlichkeit gehabt. Wisst ihr, wie wir ihn an der Schule genannt haben? Strebsama!« Alles lachte.

»Dann möchte ich aber nicht unerwähnt lassen, dass *er* bei uns Cool Max hieß«, sagte ich. »Er blieb immer ganz cool.«

»Und bleibt es noch heute«, sagte die junge Frau zwinkernd.

»Ich bitte euch!«, empörte sich Max zum Schein. »Wie dem auch sei, meine Dame und meine Herren, oder vielmehr meine Herren und meine Dame, um mir an unserem werten Freund ein Beispiel zu nehmen …«

»Max!«, protestierte das Mädchen im Scherz. »Da hört ihn euch an!«

»Um uns unnötige Schwierigkeiten zu ersparen, ja? …« – schlug der Osteuropäer vor und lachte dabei, aber nervös, was mir das Gefühl gab, er scherze, im Gegensatz zu uns, überhaupt nicht – »… sollten wir uns vielleicht einfach Genossen nennen, ja?«.

»Hört, hört!«, sagte der Gewerkschafter.

»Gut«, meinte Max unaufgeregt, cool eben, »nur möchte ich, wie ich schon mehrfach betont habe, keinesfalls, dass man uns für Kommunisten hält. Den Stempel können wir uns nicht leisten. Das wäre das Ende. Unsere Gegner würden mit dem Finger auf uns zeigen und sagen: ›Seht euch die Verrückten an, die wollen alles teilen, auch ihre Frauen‹, und dann können wir einpacken. So einfach ist das.«

»Na, ich weiß nicht«, sagte der Gewerkschafter. »Ich glaube, wir sind hierzulande einfach zu ängstlich. Wir behaupten, wir wären da neutral, aber sobald das Wort ›Kommunist‹ fällt, schlottern uns die Knie und *we piss for trouser*. Verzeihen Sie«, sagte er zu der jungen Frau und wechselte so mühelos von Pidgin wieder zu Englisch, wie er es umgekehrt gerade getan hatte. »Neulich hat mich jemand gefragt, wieso ich im letzten Januar in Russland war. Ich habe ihm gesagt, wer nur immer in die eine Richtung schaut, kriegt einen steifen Hals …«

Wir lachten schallend – vor allem der Osteuropäer.

»Schon klar, Joe …«, begann Max, aber Joe ließ sich nicht so leicht bremsen.

»Nein, entschuldige mal, Max«, sprach er weiter, »es ist

mein voller Ernst. Entweder sind wir in diesem Land unabhängig, oder wir sind es nicht.«

»Sind wir nicht«, sagte Max, und wieder lachten wir alle, auch Joe, der sich offenbar abreagiert hatte.

Max' kühle, souveräne Handhabung machte mir Eindruck. Er war zweifellos Herr der Lage. Er besaß für mein Gefühl genau die richtige Mischung aus Überzeugung und gesundem, geerdetem Menschenverstand.

»Wir werden die nächste Wahl natürlich nicht gewinnen«, sagte er mir bei anderer Gelegenheit. Das lag eigentlich auf der Hand, denn was hatten wir nicht schon für politische Parteien wie Pilze aufschießen, sich einen Erdrutschsieg versprechen und wieder eintrocknen sehen. »Was wir erreichen müssen«, sagte Max, »ist etwas, und sei es noch so Kleines, in Gang zu setzen und dann auf den großen Knall zu warten. Der kommt garantiert. Ich weiß zwar nicht, wie oder wann, aber er muss kommen. Es kann ja nicht ewig bei diesem Stillstand und der ganzen Korruption bleiben.«

»Wie wollt ihr überhaupt das nötige Geld auftreiben?«

»Wir kriegen das Geld schon«, grinste er. »Zumindest genug, um die üblichen Wahlkampfkosten zu bestreiten. Die systematische Bestechung der Wähler überlassen wir der POP und der PAP. Wir werden einfach ordentlich aufrühren und dann sehen, was passiert. Ich stelle gerade so viel Beweismaterial über Korruption auf höchster Ebene zusammen, wie ich finden kann. Bruder, du würdest weinen.«

»Das bezweifle ich nicht.«

Weil ich ihn, bevor wir schlafen gingen, im Scherz gefragt hatte, ob er noch Gedichte schreibe, hatte Max ein paar Verse hervorgekramt, die er vor sieben Jahren zur Musik eines berühmten Highlife-Songs verfasst hatte. Er hatte sie während der berauschenden Monate der großen Hoffnungen gleich nach der Unabhängigkeit geschrieben. Jetzt trug er sie vor wie eine Totenklage. Und glaubt mir, mir schossen die Tränen in die Augen, Tränen für die im Keim abgestorbene Hoffnung. Nennt mich ruhig sentimental.

Ich habe das Gedicht – »Tanzdarbietung für die Erdmutter« – hier in diesem Moment vorliegen und könnte es vollständig zitieren, aber gedruckt würde es nicht annähernd das Gefühl von Tragik vermitteln, das mich an jenem Abend erfüllte, als Max mit dem Fuß den Highlife-Takt stampfte, sang und damit die Fröhlichkeit und das Versprechen von vor sieben Jahren heraufbeschwor, die mir inzwischen vorkamen wie sieben Leben!

> Ich werde – nach durchirrten Jahrhunderten – heimkehren
> Und meiner herrlichen Mutter meine Gaben darbringen:
> Ihr das Haus neu errichten, die heiligen Stätten,
> die geschändeten, geplünderten,
> Ich werde es mit der Pracht von Grenadill-Holz,
> Bronze und Lehm ausstatten.

Die letzte Zeile las ich wieder und wieder. Arme schwarze Mutter! So lange hatte sie darauf gewartet, dass ihr Kind erwachsen werde, sich kümmern und sie für die langen Jahre der Scham und der Vernachlässigung entschädigen werde. Der Sohn aber, in den sie so große Hoffnungen gesetzt hatte, entpuppte sich als ein Chief Nanga.

»Arme schwarze Mutter!«, sagte ich laut.

»Ja, arme schwarze Mutter«, sagte Max und blickte aus dem Fenster. Nach langem Schweigen drehte er sich nach mir um und fragte, ob ich noch bibelfest sei.

»Nicht sehr. Warum?«

»Nun, bei mir ist das so eingefleischt. Du weißt ja, dass mein Vater anglikanischer Priester ist … Nein? Jedenfalls kam mir, als du gerade von der armen schwarzen Mutter sprachst, ein Bibelvers in den Sinn, der etwa so lautet:

Ein Ruf ward gehört in Rama,
großes Weinen und Klagen,
Rahel, die ihre Kinder beweint,
und will sich nicht trösten lassen;
denn sie sind nicht mehr.

Es ist einer der Lieblingsverse meines Vaters, der übrigens immer noch findet, dass wir die Weißen nicht hätten wegschicken dürfen.«

»Vielleicht hat er ja recht«, sagte ich.

»Aber nein. Ihn wurmt doch nur, dass er persönlich von der Unabhängigkeit nicht viel gehabt hat. Es gab in seinem Metier keine weißen Posten zu erben. Es gibt in der ganzen Diözese nur einen Bischof, und der ist schon Afrikaner.«

»Du gehst mit dem alten Mann aber hart ins Gericht«, lachte ich.

»Da solltest du mal hören, was der alte Herr alles über mich sagt. Als ich ihn das letzte Mal mit Eunice besucht habe, hat er gemeint, vielleicht bekäme ich ja noch vor ihm einen Sohn. Ach, was erlauben wir uns für kostspielige Scherze.«

»Du bist der einzige Sohn, oder?«

»Ja.«

Ich war richtig neidisch.

»Weißt du, Odili«, sagte er plötzlich nach längerem Schweigen, »ich glaube eigentlich nicht an die Vorsehung und den ganzen Kram, aber dass du gerade jetzt aufkreuzt, ist wirklich ein Glücksfall. Denn wir wollen möglichst bald in allen Regionen fähige und tatkräftige Vertreter ernennen. Jetzt, wo wir dich haben, brauchen wir uns über den Südosten keine Sorgen mehr zu machen.«

»Ich werde alles geben, Max«, sagte ich.

Das Erstaunlichste, was mir Max über die neue Partei erzählte, war, dass einer der Staatssekretäre sie unterstütze.

»Was hat er noch in der Regierung zu suchen, wenn er die

Richtung nicht mehr gutheißt?«, fragte ich unbedarft. »Warum schmeißt er nicht hin?«

»Hinschmeißen?«, lachte Max. »Was glaubst du, wo wir sind – etwa in England? Du machst wohl Witze, Odili.«

»Ganz und gar nicht!«, begehrte ich auf, und das heftiger als vielleicht nötig.

Ich wusste sehr wohl und musste daran nicht erinnert werden, dass wir nicht im Vereinigten Königreich oder sonst irgendwo lebten, dass ein Mann, der bei uns seinen Hut nahm, das unweigerlich tat, weil er nach dem noch besseren Deal schielte – wie vor ein paar Jahren, als zehn frisch gewählte PAP-Parlamentarier zu Beginn der Sitzungsperiode die Seiten gewechselt und der POP so über Nacht eine bequeme Mehrheit verschafft hatten, im Austausch für Ministerposten und – wenn den Gerüchten Glauben zu schenken war – ein Handgeld. Das alles war allgemein bekannt, aber besser wäre meiner Meinung gewesen, wenn unsere neue Partei sauber begann.

»Ich weiß, was du denkst«, sagte Max süffisant. »So ging es mir anfangs auch. Aber wir müssen gewissen Tatsachen ins Auge sehen. Nimm einen wie Nanga, mit einem Gehalt von viertausend Pfund und dazu dem ganzen – na, du weißt schon. Was meinst du, was er als Grundschullehrer verdient hat? Wahrscheinlich kaum acht Pfund im Monat. Und da erwartest du, dass er aus einem so läppischen Grund wie ›Prinzipien‹ hinschmeißt …?«

»Vorausgesetzt, er wüsste überhaupt, was Prinzipien sind«, ergänzte ich vollmundig.

»Genau. Ich will damit, wohlgemerkt, nicht sagen, dass unser Mann wie Nanga ist. *Er* ist ein wahrer Sohn der Nation und würde notfalls, ohne mit der Wimper zu zucken, zurücktreten. Aber, um es mit seinen Worten zu sagen: Bringen wir uns, wenn wir mit dem Zustand der Welt unzufrieden sind, denn immer gleich um?«

»Das ist ein bisschen was anderes«, sagte ich.

»Ja, schon gut. Aber einen wie ihn direkt in der Regierung zu haben ist ziemlich entscheidend, glaub mir. Er informiert mich über alles, was vorgeht.«

»So gesehen magst du recht haben. Wie heißt es doch so schön: Erst wenn man einem Mann nahe kommt, riecht man seinen Atem.«

»Du sagst es.«

NEUNTES KAPITEL

Ich kehrte am 23. Dezember nach Anata zurück, nachdem Max und seine Verlobte Eunice mich vergeblich bedrängt hatten, über Weihnachten in Bori zu blieben. Der Lastwagen setzte mich an dem kleinen Straßenmarkt Waya ab, der um die Höhere Schule entstanden war. Drüben in Josiahs Budenbar schien irgendwas los zu sein. Was immer es war, es hatte in Scharen die Marktbesucher angelockt. Ob es Gutes oder Schlechtes war, ließ sich den lauten, erregten Reden nicht gleich entnehmen, nur die wilden Gesten machten bald klar, dass etwas im Argen lag. Ich sah eine alte Frau den erhobenen Arm wüst um ihren Kopf wirbeln und rhythmisch in Josiahs Richtung stoßen, ein höchst ominöses Zeichen.

»Lehrer-Sir«, sagte einer der Dorfbewohner, als er mich erspähte und herbeieilte, um mir die Hand zu schütteln. Ich kannte seinen Namen nicht. »Sind Sie schon wieder da? Geben Sie mir Ihren Koffer. Geht es der Familie gut?«

Wir gaben uns die Hand, und ich versicherte ihm, dass mit der Familie bei meiner Abreise alles in Ordnung gewesen sei. Dann fragte ich ihn, was bei Josiah los sei.

»Was wohl, Josiah natürlich«, sagte er, schwang meinen Koffer hoch und setzte ihn sich auf den Kopf. »Ich habe ja immer gesagt, dass sich erst noch zeigen wird, was das Geld der Weißen mit uns macht. Kennen Sie Azoge?«

»Den blinden Bettler?«

»Ja, den blinden Bettler. Josiah lässt Azoges Missgeschick kalt, und als hätte er hier an der Beutelschneiderei, die er

Handel nennt, noch nicht genug, muss er jetzt auch noch mit Azoges Bettelstab *juju* machen.« Und er wandte sich ab, um einen anderen Dorfbewohner zu begrüßen, und beide schüttelten sie den Kopf über diesen Frevel.

»Ich verstehe nicht«, sagte ich, als wir unser Gespräch wieder aufnahmen.

»Josiah hat Azoge zu sich in die Bude gebeten, hat ihm Reis vorgesetzt und reichlich Palmwein. Azoge dachte, er habe es mit einem wohltätigen Mann zu tun, und aß und trank. Während er aber aß und trank, hat ihm Josiah seinen Stab weggenommen – können Sie sich eine solche Schandtat vorstellen? – und einen anderen Stock an dessen Stelle gelegt; er hat wohl gedacht, Azoge würde es nicht merken. Aber wenn ein Blinder nicht einmal seinen eigenen Krückstock kennt, was soll er dann überhaupt wissen? Als Azoge also gehen wollte, greift er nach seinem Stock und stellt fest, dass da ein anderer liegt, und da hat er angefangen zu zetern …«

»Das verstehe ich trotzdem nicht. Was will denn Josiah mit dem Stock?«

»Wie können Sie das fragen, Lehrer-Sir? Natürlich einen günstigen Zauber für seine Geschäfte wirken.«

»Das ist ja unerhört«, bemerkte ich, weil ich nicht zeigen mochte, wie sehr ich noch immer im Dunkeln tappte.

»Was Geld in diesem Land bewirken wird, steckt unter einem Hut; ich habe es immer schon gesagt.«

Als wir vor meiner Tür angekommen waren, gab ich ihm einen Shilling, und er dankte mir, erwähnte noch weitere, wenig hilfreiche Details zu dem Vorfall und kehrte zu den Schaulustigen zurück. Ich wäre ihm gefolgt, aber ich war von der langen Reise müde, und außerdem hatte ich anderes im Kopf. Ich hatte die Absicht, etwas zu ruhen, mich frisch zu machen und dann Mrs Nanga aufzusuchen. Aber der Lärm draußen nahm weiter zu, und am Ende konnte ich nicht umhin nachzuforschen.

Josiah hatte sich offenbar in seiner Bude verschanzt, aber die vielstimmigen Flüche, mit denen die Versammelten draußen ihn und seine Geschäfte belegten, entgingen ihm ganz sicher nicht. Der Blinde, Azoge, war immer noch da und erzählte wieder und wieder seine Geschichte. Ich wandelte von einem Grüppchen zum anderen und lauschte.

»Diesem Ungeheuer reicht wohl das ganze Geld nicht, das er uns abknöpft, nein, jetzt muss er noch zaubern, um uns zu blinden Abnehmern seiner Waren zu machen!«, rief eine alte Frau. »Er soll Mutter und Vater blind machen, nicht mich.« Sie schwenkte die Rechte um ihren Kopf und schleuderte ihren Fluch gegen Josiahs Bude.

»Es gibt Leute mit einem Bauch so breit wie die Erde. Nie so voll, dass nicht Platz wäre für eine weitere Leiche. Gott bewahre«, sagte ein mir bekannter Palmweinzapfer. Er gehörte meines Wissens zu denen, die Josiah mit dem Wein für die Abfüllung in Bierflaschen belieferten.

Aber am übelsten redete Timothy, ein Mann mittleren Alters, der eine Art Christ war und Schreiner.

»Josiah hat jetzt so viel genommen, dass es dem Besitzer auffällt«, sagte er wieder und wieder. »Sollte irgendwer meine Füße je wieder in seiner Bude sehen, darf er sie abhacken. Josiah hat jetzt so viel genommen, dass der Besitzer es sieht.«

Ich habe im Nachhinein noch viel über das Sprichwort von dem Mann nachgedacht, der von einem nimmt und nimmt, bis es einem schließlich auffällt. Bei uns kennt der Volksmund kein vernichtenderes Urteil. Es geht nicht bloß darum, dass der Becher voll ist. Der Becher kann voll sein, ohne dass es einer merkt. Aber hier hatte es einer gemerkt, und dieser eine, wurde mir klar, das war der Wille aller.

Binnen Wochenfrist war Josiah pleite; ob Mann, Frau oder

Kind, alle machten um seine Budenbar einen Bogen. Selbst Fremde und die Fahrgäste der *mammy wagons*, die nur kurz Halt am Markt machten, wurden vor ihm gewarnt. Noch ehe der Monat rum war, wurde die Budenbar geschlossen, und Josiah verschwand – vorerst.

Aber um auf den Tag meiner Heimkehr aus Bori zurückzukommen: Ich mietete am Abend auf dem Markt vom Reparateur ein Fahrrad und stattete Mrs Nanga einen Besuch ab. Ich musste sie sprechen, bevor die Nachricht von meinem Zerwürfnis mit ihrem Mann Anata erreichte und mir jede Chance nahm, an Edna, die künftige Zweitfrau, heranzukommen. Ich glaubte zwar nicht, dass Chief Nanga selbst daran gelegen sein konnte, von der Sache zu erzählen, aber was er tun oder nicht tun würde, war schwer einzuschätzen, und es gab in Bori schließlich andere, die aus Mangel an sonstigen Neuigkeiten tratschen konnten.

Mrs Nanga war überrascht, mich zu sehen, aber ich hatte eine glaubhafte Erklärung parat; plötzlich umdisponieren müssen und so. Ihre Kinder erschienen und gaben mir die Hand. Das Dorf hatte ihnen offenbar schon einiges von ihren Bori-Allüren und ihrem Corona-School-Englisch abgeschliffen.

»Geh, hol Odili etwas zu trinken«, sagte Mrs Nanga zu ihrem Ältesten Eddy, dem Oberschüler. Er brachte mir gleich eine Flasche eisgekühltes Bier, was nach meiner anstrengenden Fahrradtour genau das Richtige war. Ich stürzte das erste Glas in einem Zug herunter und trank dann gemächlicher von dem zweiten. Unterdessen überlegte ich angestrengt, wie ich auf Edna zu sprechen kommen könnte, ohne Verdacht zu erregen.

»Wann kehren Sie denn nach Bori zurück?«, fragte ich. »Dem Haus fehlt ohne Sie und die Kinder die Wärme.«

»Reden wir nicht von Bori, Bruder. Ich möchte mich hier ein wenig erholen … Eddys Vater meint, ich soll Ende des nächsten Monats zurückkommen, bevor er nach Amerika aufbricht, aber ich weiß nicht …«

»Ich dachte, Sie begleiten ihn?«

»Ich?« Sie lachte.

»Aber ja. Warum nicht?«

»Bruder, wenn wir von denen reden, die nicht in der Sonne stehen, meinen wir damit die, die knien. Hast du schon mal von einer Frau ohne Abc gehört, die nach Amerika fuhr?«

Bestens, dachte ich, und wollte gerade ansetzen, aber Mrs Nanga nahm mir auch das ab!

»Wenn Edna erst da ist, kann *sie* solche Reisen übernehmen«, sagte sie. »Ich bin zu alt und zu busch.«

»Wer ist Edna?«

»Weißt du denn nicht über Edna Bescheid, unsere neue Frau?«

»Ach, die Kleine. Unsinn. Sie hat bestimmt nicht halb so viel Buch wie Sie.«

»Ah, *she does-o*. Ich habe keine moderne Schulbildung.«

»Aber achte Klasse damals entsprach einem Cambridge Certificate von heute«, beteuerte ich in richtigem Englisch, ohne mich auf das scherzhafte Pidgin einzulassen.

»Du sprichst, als wäre ich Anno-*kridim* zur Schule gegangen«, meinte sie leicht eingeschnappt.

»Aber nein«, sagte ich. »Nur lässt das Niveau Jahr für Jahr nach. Die Achte des letzten war besser als die jetzige.«

Aber so eingeschnappt war sie auch wieder nicht. Vielmehr schien sie mit den Gedanken woanders.

»Ich hätte weitermachen können«, sagte sie sehnsüchtig, »aber Eddys Vater und seine Leute haben mich so gedrängt, ihn zu heiraten, heiraten!, und dann fingen meine eigenen Eltern auch noch damit an, sie meinten, was braucht ein Mädchen so viel Bildung? Und ich habe dummerweise nachgegeben. Ich war nicht alt genug, mich aufzulehnen. Edna tappt in dieselbe Falle. Dass eine junge Frau vom College kommt und nicht mal wenigstens ein Jahr lang unterrichten und sich ein bisschen umsehen darf! Aber was soll ich sagen? Soll sie nur *schnell-schnell* kommen und von Chief Nangas Geld profitieren, bevor alles weg ist.« Sie lachte bitter.

Im ersten Moment war mir unbehaglich, weniger wegen dem, was Mrs Nanga sagte, als deswegen, weil ihr fünfzehnjähriger Sohn Eddy mithörte.

»Kommt sie denn bald schon ins Haus?«

»Das weiß ich nicht. Darüber habe nicht ich zu bestimmen. Meinetwegen kann sie gleich morgen kommen; das Haus ist ja da. Sie kann übernehmen und meinetwegen die halbe Nacht aufbleiben und klugschwätzen – *talk grammar* – und am Morgen den Gestank von Zigarettenrauch und Weißen in den Kleidern hängen haben.« Ich musste lachen.

»Warum raten Sie ihr nicht ab? Sie sollte wirklich erst einmal ein Jahr unterrichten und sich umsehen. Auf Sie würde sie bestimmt hören, sie ist ja im Grunde noch fast ein Kind.«

»*True?* Du meinst, sie ist erst gestern geboren? Dann soll sie doch kommen und saugen.« Sie deutete auf ihre linke Brust. »Nein, Bruder, ich vermassele doch keiner ihre guten Aussichten. Als Eddys Vater mich nahm, war ich nicht halb so alt. Sobald ihre Mutter sich erholt hat, soll sie ruhig kommen und Nangas Wohlstand essen ... die Speisen sind bereitet, und es duftet nach Suppe. Dass nur ja keiner an die Frau denkt, die sich abgerackert und die gehungert hat, als kein Geld da war ...« Sie wischte sich die Augen mit einem Zipfel ihres *lappa* und schneuzte sich damit.

»Wo ist sie denn zu Hause? Ich sollte mit ihr sprechen – gleich morgen, denke ich.« Bevor ich es sagte, wägte ich ab, was Eddy davon hielte, rechnete mir aber schnell aus, dass er wahrscheinlich für seine Mutter Partei nehmen würde, auch wenn seinem hübschen Gesicht davon nichts anzusehen war, und das, obwohl sie fast weinte.

»Geh nur hin«, sagte Mrs Nanga gespielt gleichgültig. »Aber sag bloß nicht, dass ich dich geschickt habe. Wenn ich schon nicht größer werde, will ich wenigstens klein bleiben.«

Mit Eddy lag ich richtig. Er beschrieb mir auf der Stelle ganz genau, wie ich zu Edna finden könne – in einem anderen, recht entlegenen Teil des Dorfs. Er schlug sogar vor, mich vom Chauffeur der Nangas im Vauxhall hinbringen zu lassen, was bewies, dass er trotz seiner Körperlänge noch ein Kind war.

Ich verfuhr mich ein paarmal, ehe ich Odos rotes Lehmhaus mit dem Grasdach fand. Er saß im Vorraum und knüpfte die Seile, mit denen man in den Speichern die Yams an Stangen festbindet. Die kurzen Faserenden, mit denen er arbeitete, lagen in drei Bündeln neben ihm, eines war in der Mitte schon ziemlich ausgehöhlt. Das bereits geknüpfte Seil war zwischen seinen Füßen zum Knäuel gewickelt; das lose Ende, das er mit den Fasern nach und nach verlängerte, hielt er in der Hand. Als ich eintrat, zurrte er gerade mit zusammengebissenen und gebleckten Zähnen quer über die Brust seinen nächsten Knoten fest. Odo war ein beleibter Mann mit blank schimmerndem Kugelbauch über dem gerollten Wulst seines Lendenschurzes. Seine Augen waren blutunterlaufen, das Haar leicht ergraut.

Wir begrüßten uns mit Handschlag, und ich setzte mich mit dem Rücken zu den Wegen, die zum Haus führten, auf einen Stuhl. Er hieß mich mehrfach willkommen, arbeitete aber weiter.

»Die Kolanuss muss ich schuldig bleiben«, meinte er und band den Knoten, der sich beim Ziehen gelöst hatte, noch einmal neu. »Sie sind heute Morgen ausgegangen.«

»Machen Sie sich keine Gedanken um Kolanüsse«, sagte ich,

dann, nach einer längeren Pause: »Sie kennen mich wahrscheinlich nicht. Ich bin Lehrer an der Höheren Schule Anata.«

»Ah«, sagte er und blickte auf. »Dachte ich mir doch, dass ich das Gesicht kenne.«

Wir reichten uns abermals die Hand, und er sagte noch mal ›Willkommen‹, entschuldigte sich, dass er keine Kolanuss anbieten könne, und ich fügte hinzu, die gebe es nun mal nicht alle Tage.

»Seit die Frau hier im Haus ins Krankenhaus musste, gibt es niemanden mehr, der sich um diese Dinge kümmert«, sagte er.

»Ich hoffe, sie wird bald wieder gesund sein.«

»Wir zählen auf Den-da-oben.«

Nach einer angemessenen Pause fragte ich nach Edna.

»Sie bereitet die Speisen fürs Krankenhaus zu«, sagte er kühl.

»Ich soll ihr von meinem Freund Chief Nanga etwas ausrichten.«

»Sie sind ein Freund des Schwagers? Warum sagen Sie das denn nicht gleich. Kommen Sie also aus Bori?«

»Ja. Ich bin gestern erst zurückgekehrt.«

»*True?* War er bei guter Gesundheit?«

»Es ging ihm gut.«

Er drehte die Schultern einer Tür zu, die offenbar in die Innenräume führte, und rief lauthals. Aus den Tiefen des Hofs ertönte Ednas Stimme wie eine ferne Flöte.

»Komm und begrüße unseren Gast«, brüllte ihr Vater. Während wir warteten, ruhte sein Blick prüfend auf mir; ich gab mich so unbekümmert wie möglich. Ich wandte mich auf meinem Stuhl sogar dem Vorhof zu und spitzte die Lippen, als pfiffe ich leise vor mich hin.

»Liegt Ihre Frau schon lange im Krankenhaus?«, fragte ich.

»Seit drei Wochen. Aber ihr Körper gehört ihr schon seit Beginn der Regenzeit nicht mehr.«

»Gott wird unsere Gebete erhören«, sagte ich.

»Er hält das Messer, und Er hält die Yams.«

Von meinem Platz aus konnte ich Edna das hinter dem Vorraum liegende Zimmer betreten sehen. Sie musste sich das Gesicht mit einer Handvoll Wasser benetzt haben, denn sie trocknete es gerade mit einem Zipfel ihres *lappa*, ließ den Stoff aber gleich sinken, als sie mich sah. Ein großer Kloß stieg mir in den Hals, und ich schluckte vergeblich. Sie trug über dem *lappa* eine lose Bluse und auf dem Kopf ein altes seidenes *gele*. Als sie in den Vorraum trat, verlor ich irgendwie den Kopf. Statt ihr im Sitzen die Hand zu reichen, wie es sich für einen Mann (noch dazu einen älteren) gehörte, sprang ich auf wie ein frauenfürchtiger Engländer. Sie zog ein klein wenig die Stirn kraus, weil sie mich nicht gleich einordnen konnte.

»Ich bin Lehrer an der Höheren Schule Anata«, sagte ich mit belegter Stimme. »Wir sind uns am Tag der Ansprache von Chief Nanga begegnet …«

»Ach ja, *true*«, sagte sie mit einem strahlenden Lächeln. »Sie sind Mr Samalu.«

»So ist es«, erwiderte ich geschmeichelt. »Sie besitzen über Ihre Schönheit hinaus ein gutes Gedächtnis«, sagte ich auf Englisch, damit ihr Vater nicht verstand.

»Vielen Dank.«

Vielleicht lag es an dem traditionellen Gewand und ihrem Stand in diesem Haushalt, vielleicht war sie seit Oktober auch einfach reifer geworden, jedenfalls stand vor mir eine wunderschöne junge Frau und nicht mehr ein Mädchen, das aussah, als wartete es darauf, ins Kloster zurückgebracht zu werden.

»Setzen Sie sich, Lehrer-Sir«, befahl ihr Vater – etwas gereizt, wie mir schien. Dann wandte er sich mit der Bemerkung an seine Tochter, dass ich eine Nachricht aus Bori bringe. Sie heftete ihre recht großen, runden Augen auf mich.

»Ach, es ist eigentlich nichts weiter«, sagte ich hochverlegen. »Chief Nanga bat mich bloß, Sie aufzusuchen und mich nach Ihrer Mutter zu erkundigen.«

»Du kannst ihm sagen, sie liegt noch immer im Krankenhaus«, sagte Ednas Vater unfreundlich, »und ihre Medizin kostet Geld, und sie hat in diesem Jahr weder Kassaven noch Taro anbauen können.«

»Beachten Sie ihn nicht weiter«, sagte Edna zu mir, und in ihrem Blick war alle Freude erloschen. Sie drehte sich nach ihrem Vater um. »Hat er dir nicht bereits über seine Frau etwas zukommen lassen?«

»Hör sie dir an«, sagte der Mann zu mir. »Weil sie gestern zu essen hatte, braucht sie heute nichts? Nein, meine Tochter. Jetzt ist die Zeit, einen Schwager zu nutzen, nicht dann, wenn er die Frau schon hat und entschwunden ist. Wie heißt es so schön? Wer dem Gegner am Boden nicht das Kampfmesser abnehmen kann, wird es ihm kaum entreißen, wenn er erst wieder steht. Nein, meine Tochter. Überlasse den Schwager mir. Er wird geben und geben und geben, und ich werde essen, bis es mir zu den Ohren herauskommt. Und dank Dem-da-oben fehlt es ihm nicht an was zu geben.«

»Verzeihung«, sagte Edna auf Englisch und erklärte dann in der Landessprache, dass sie an den Herd zurückmüsse, um ihrer Mutter vor ein Uhr rechtzeitig das Essen bringen zu können, denn die Schwestern würden sie sonst nicht mehr einlassen. Mit einem verhuschten Lächeln wandte sie sich ab, und da erhielt ich erstmals Gelegenheit, festzustellen, dass sie von hinten genauso vollkommen war wie von vorn – was man nur alle Jubeljahre mal sieht. Ich folgte jedem ihrer Schritte mit den Augen, bis sie verschwand.

Dann saß ich allein bei ihrem unersättlichen, raffgierigen Vater – denn diesen Eindruck hatte ich von ihm gewonnen. Wir sagten sehr wenig. Ich pfiff meine stumme Melodie und sah zu, wie sein Seil wuchs und er ein Faserende nach dem anderen anfügte. Sobald er ein ordentliches Stück neu geknüpft hatte, wickelte er es um sein Knäuel.

Edna tauchte noch mal im Nebenraum auf und fragte ihren Vater von dort, ob er »dem Fremden« eine Kolanuss angeboten habe.

»Ich habe keine«, sagte er. »Wenn du welche hast, bring sie, und wir essen.«

»Ich habe gestern welche besorgt, ich dachte, das hätte ich dir gesagt.« Sie brachte auf einer Untertasse die Kolanuss und reichte sie ihrem Vater, der sie nach einem raschen, gierigen Anruf zu Geben und Essen brach, zwei Samen aus dem Balg löste und sie sich, ehe er die Untertasse an mich weiterreichte, hintereinander weg in den Mund schob und krachender zerkaute, als ich jemals ein Gegenüber hatte Kola kauen hören. Ich nahm einen der verbleibenden beiden Samen und reichte ihm das Tellerchen zurück.

Ich blieb endlos bei ihm hocken, weil ich nicht wusste, was ich tun sollte. Sollte ich aufbrechen? Das wäre unklug. Ich musste doch wenigstens warten, bis Edna noch mal erschien, selbst wenn sich keine Gelegenheit bot, sie unter vier Augen zu sprechen. Und da kam mir ein herrlicher Einfall. Ich könnte ihr doch anbieten, sie auf dem Fahrrad zum Krankenhaus zu bringen. Bis dorthin waren es mindestens zwei Meilen, und mein Fahrrad hatte einen stabilen Gepäckträger, auf dem man die Töpfe befestigen könnte.

»Wo ich schon da bin«, sagte ich meinem geschäftigen Gastgeber, »sollte ich vielleicht mitgehen und Ednas Mutter besuchen, damit ich Chief Nanga im nächsten Brief Näheres von ihr berichten kann.«

»Geben Sie nichts auf die Worte meiner Tochter«, sagte er zu mir und blickte kurz hoch. »Sagen Sie meinem Schwager, dass die Behandlung der Mutter seiner zweiten Frau mich viel Wasser und Feuerholz kostet.«

»Das mache ich«, versicherte ich. Egal, was ich sonst von

ihm hielt, mir war klar, dass kein Weg an ihm vorbeiführen würde, wenn ich etwas von seiner Tochter wollte.

Edna wunderte sich über mein Angebot kein bisschen; sie war offenbar ein vertrauensseliges junges Ding – und das erschien mir vielversprechend. Ich band das Essgeschirr auf dem Gepäckträger fest. Weil ich auf der holprigen Spur zum Haus lieber nicht fahren wollte, schob ich mein Rad das kurze Stück bis zur Straße, während Edna in einem mit grünroten Blumen gemusterten Kleid neben mir herging. Das Rad zu besteigen allerdings, mit dem Essgeschirr hinten und Edna vorn auf der Gabel, erwies sich als Herausforderung, aber ich bin mit dem Fahrrad nicht ungeschickt. Ich löste das Problem, indem ich mich erst auf den Sattel schwang und das Rad mit einem Fuß im Gleichgewicht hielt, Edna sodann seitlich auf der Gabel Platz nehmen ließ und mich schließlich abstieß. Ihre Nähe da direkt zwischen meinen Armen und der Duft ihrer Haare in meiner Nase hätten mich wahrscheinlich überwältigt, hätte ich überhaupt groß Zeit gehabt, nachzudenken. Hatte ich aber nicht. Die Piste zum Krankenhaus erwies sich als recht hügelig, nicht steil, aber mit Steigungen immerhin, die einem die Puste nahmen, und ich mochte bei einer solch kostbaren Fracht natürlich keinesfalls zugeben, wie ermüdend das war. Also strampelte ich wie wild die vielen kleinen, kurzen Hänge hinauf, bis mein Herz raste wie eine Feuersbrunst, was dumm von mir war.

»Sie sind sehr stark«, sagte Edna.

»Wieso?«, entgegnete oder stieß ich vielmehr keuchend hervor, als ich die Kuppe eines weiteren kleinen Hügels erreichte.

»Sie essen sich durch die Hügel, als wären es Yams.«

»Noch habe ich keinen Hügel bemerkt«, sagte ich und schöpfte Atem, als ich das Fahrrad von der Kuppe den kleinen, willkommenen Abhang hinunterrollen ließ. Die Worte waren kaum heraus, als ein blödes Schaf mit vier, fünf Lämmern von links auf die Piste hoppelte. Ich bremste scharf. Unglücklicherweise lehnte aber Edna an meinem linken Arm, so dass ich die Bremse auf der Seite nicht richtig ziehen konnte und nur die Bremse am Vorderreifen griff. Das Rad blockierte, und wir wurden vorgeschleudert. Unmittelbar vor der unsanften Landung rief Edna so etwas wie »Vater!«. Sie flog ein ganzes Stück, und sobald ich wieder auf den Beinen war, stürzte ich zu ihr hin und half ihr auf. Dann drehte ich mich um und starrte auf das Fufu und die Suppe im Sand. Ich hätte heulen können. Ich stand da und biss mir auf die Unterlippe. Edna gackerte nervös und vergrößerte damit noch meine Schmach. Ich mochte sie nicht einmal ansehen. Ohne den Blick von der Bescherung zu wenden, murmelte ich eine Entschuldigung.

»Sie konnten nichts dafür«, sagte sie. »Es war das dumme Schaf.«

Da bemerkte ich aus dem Augenwinkel, dass sie sich vorbeugte. Ich drehte mich um und sah ihr aufgeschürftes Knie.

»O je!«, rief ich. »Edna, es tut mir so leid.«

Sie ließ den Saum ihres übers Knie hochgezogenen Kleids fallen, kam zu mir herüber und klopfte meine Schulter ab, wo das neue weiße Hemd einen unauslöschlichen roten Lehmfleck aufwies. Dann bückte sie sich nach dem Essgeschirr und begann, mit Blättern den Sand und die Suppenspritzer abzuwischen. Zu meiner Verwunderung weinte sie und murmelte etwas wie »Meine Mutter wird heute hungers sterben.« In Wahrheit waren die Tränen wahrscheinlich Ausdruck von verletztem Stolz, weil die verschütteten Speisen unverkennbar die einer armen Familie waren. Darin könnte ich mich natürlich täuschen. Damals jedenfalls war ich sehr betroffen.

»Tun es Brot und Corned Beef auch?«, fragte ich. »Wir könnten vorm Krankenhaus etwas kaufen.«

»Ich habe kein Geld dabei«, sagte Edna.

»Ich habe Geld«, sagte ich und atmete zum ersten Mal seit dem Unfall auf. »Und dann besorgen wir auch gleich Desinfektionsmittel für dein Knie. Es tut mir so schrecklich leid, meine Liebe.«

ZEHNTES KAPITEL

Nach dem Fahrradsturz war natürlich gar nicht mehr daran zu denken, mit Edna von dem zu sprechen, was ich hatte sagen wollen. Ich konnte ihr aber immerhin entlocken, dass sie am ersten Weihnachtstag bei Mrs Nanga im Haus helfen sollte, und ich nahm mir augenblicklich vor, dort aufzutauchen.

Zu Weihnachten bersten Anata und alle Dörfer der Region vor Menschen und Stolz, während die Städte das Nachsehen haben. Denn die Söhne und Töchter, die ausgezogen sind, um in der Stadt einer Arbeit nachzugehen oder Handel zu treiben, kehren in Spendierlaune zurück. Und der wohl erfreulichste Rückstrom ist jener der vielen Schüler der höheren und Berufsschulen und der vereinzelten Universitätsstudenten, die in die Ferien kommen. Wir nennen sie Ferienmacher, und schon ihre Anwesenheit hebt im Dorf das Niveau merklich; sie verleihen allem einen mondänen Anstrich. Die jungen Burschen, die ich an diesem Morgen sah, trugen »italienische« Schuhe zu Röhrenhosen, die Mädchen hatten sich die Lippen geschminkt und die Haare gebügelt; eine sah ich sogar in Hosen, was ich schon sehr gewagt fand.

Als ich gegen elf am Haus der Nangas ankam, war Edna nirgends zu sehen. Stattdessen forderte ein junger Mann, dessen Alkoholfahne die Nase beleidigte, sobald man nur über die Schwelle trat, von Mrs Nanga lautstark mal auf Pidgin, mal in unserer heimischen Sprache einen Drink. Er sah aus wie ein zu den Feiertagen aus einer der umliegenden Städte heimgekehrter Händler. Mrs Nanga fertigte ihn sehr unaufgeregt und äußerst geschickt ab. Sie machte das offensichtlich nicht zum ersten Mal. Nach ein, zwei Jahren im Überfluss wusste man mit weniger glücklichen Landsleuten umzugehen.

»Bring mir ein Bier!«, brüllte der Mann und bekam prompt einen Schluckauf.

»Honourable Chief Nanga ist ein Bruder und das, was die Weißen einen VIP nennen, Very Important Person … ich selbst bin ein PIV, *me na* Poor Innocent Victim.« Er lachte und richtete seinen glasigen Blick auf mich. Ich musste grinsen; Witz und Schlagfertigkeit unserer Händler sind ja legendär.

»Genau, *me na PIV*«, wiederholte er. »Eine Flasche Bier, *de cost* nur fünf Shilling. Chief Honourable Nanga hat das Geld – sowieso. Seht euch doch bloß das neue Haus an, das er sich baut. Vier Stockwerke! Früher sind die Leute schon bei zweien zusammengelaufen. Und heute baut mein *kinsman* vier. Bitte ich ihn etwa, mit einziehen zu dürfen? Nein. Ich bitte nur um ein gewöhnliches Bier, ordinäres Fünf-Shilling-Bier.«

»Warum solltest du eigentlich nicht mit einziehen?«, fragte Mrs Nanga, um ihn abzulenken. »Schließt ein Mann denn seinen Bruder aus seinem Haus aus?«

»Nein, das kann er nicht«, räumte der Kerl ein, nachdem er eine Weile mit schiefem Kopf darüber nachgedacht hatte. »Es ist mein Haus, du sprichst die Wahrheit.«

Das fragliche Haus war der sehr moderne vierstöckige Bau, der neben dem gegenwärtig bewohnten hochgezogen wurde und später noch Schlagzeilen machen würde. Es handelte sich nämlich, wie wir würden lesen können, um ein *dash*, eine kleine »Anerkennung« des europäischen Bauunternehmens Antonio & Söhne, dem Nanga unlängst den Auftrag für die neue Akademie der Kunst und der Wissenschaften im Wert von einer halben Million Pfund zugeschanzt hatte.

Ich hatte mich bereits gute zwei Stunden im Haus und auf

dem Hof herumgetrieben, ehe Edna schließlich in dem Wagen vorfuhr, der nach ihr geschickt worden war. Ich hatte inzwischen schon drei Shilling an drei junge Tanzgruppen mit Maskenträgern verteilt. Einer trug seine Holzmaske arg schief und seinen ausgestopften Schmerbauch arg ausgestopft und musste von seinen Wächtern, die ihn an einem Strick um den Leib zurückrissen, wie es erwachsene Wächter bei einem wirklichen, gefährlichen Maskenträger tun, dauernd gebändigt werden. Die Kinder sangen, schlugen Trommeln und Gongs und Reisbecher, und der Maskenträger hampelte zu diesem Lied herum:

Sunday, bigi bele Sunday
Sunday, bigi bele Sunday
Akatakata done come!
Everybody run away!
Sunday, Alleluia!

Während der Maskenträger hierhin und dorthin sprang und ein gewaltiges Kampfmesser schwenkte, löste sich der Haltestrick um seinen Bauch. Nun hätte man eigentlich befürchten müssen, dass die so unerwartet erlangte Freiheit wilde Raserei, den Verlust von Menschenleben, von Hab und Gut nach sich ziehen würde. Aber der kleine Maskenträger legte brav sein Kampfmesser weg, half seinem Gefolge, den Strick neu zu knoten, und nahm dann wieder seine Waffe zur Hand und seinen Tanz wieder auf.

Als der betrunkene Hausgast schließlich überredet worden war zu gehen und später noch einmal wiederzukommen, öffnete Mrs Nanga im Vorraum eine Seitentür zu einem Verandavorbau, der als Empfangsraum – vermutlich für VIPs – diente, und bat mich, doch Platz zu nehmen und es mir bequem zu machen. Sie schickte Edna mit einem Tablett zu mir, auf dem eine Flasche Bier und ein Glas standen. Edna bediente mich stumm. Aber sie setzte sich dann nicht etwa zu mir, sondern trat an eines der Fenster, stützte die Ellbogen auf und sah hinaus.

Ich trank von dem Bier und überlegte fieberhaft, wo ich nur anfangen sollte. Eigentlich war Chief Nangas Haus der falsche Ort. Aber ich musste doch unbedingt die Gelegenheit nutzen, ehe weitere Besucher kamen, und prompt, wie zur Bestätigung dieser Überlegung, hörte ich das Trommeln einer weiteren Tanzgruppe.

»Willst du dich nicht setzen, Edna?«, fragte ich so entschieden, wie es mir möglich war.

»Ich stehe gut«, sagte sie. »Ich will sehen, was draußen vorgeht.«

»Geht denn irgendwas vor?« Ich erhob mich, trat zu ihr ans Fenster und war sehr versucht, ihr den Arm um die Taille zu legen, hielt das aber dann doch für verfrüht.

»Na ja, eben Leute in ihrer neuen Weihnachtsgarderobe.«

»Ich möchte dir etwas sagen«, bemerkte ich und kehrte auf meinen Platz zurück.

»Mir?«, fragte sie und drehte sich mit ehrlich verblüffter Miene um.

»Ja, komm her, setz dich.«

Sie setzte sich, und ich nahm noch einen Schluck Bier, ehe ich sprach.

»Ich möchte dir einen Rat geben – als einer, der mehr von der Welt gesehen hat, und als Freund.« Guter Ansatz, dachte ich und hob mein Glas an die Lippen. »Du machst einen schwerwiegenden Fehler, wenn du dich jetzt schon in eine Verbindung drängen lässt. Du bist zu jung, um dich in einen solchen Bund zu stürzen, besonders mit einem Polygamisten …«

»Hat Mama Ihnen aufgetragen, mir das zu sagen?«, fragte sie.

»Wer ist denn Mama? Ach so, Mrs Nanga, verstehe. Wieso? Warum sollte sie mir etwas auftragen? Nein, Edna, es geht allein um dein Wohl. Ruiniere nicht dein ganzes Leben.«

»Was geht Sie das an?«

»Nichts natürlich. Nur finde ich, eine wunderschöne junge Frau wie du verdient Besseres, als sich an einen steinalten Polygamisten zu binden.«

»Sie haben aber doch zu meinem Vater gesagt, Sie wären Freunde.«

»Selbst wenn er mein Bruder oder Vater wäre … Edna, nimm dir doch nicht jede Chance. Der Mann hat einen Sohn in deinem Alter.«

»So ist nun mal das Leben der Frauen«, sagte sie resigniert.

»Unsinn! Wie kann ein gebildetes Mädchen wie du so etwas sagen! Bist du Muslimin, oder was?«

Sie stand auf und kehrte ans Fenster zurück.

»Er hat für meine Erzieherinnenausbildung bezahlt«, sagte sie.

»Na und?«, meinte ich barsch und hätte mir sogleich auf die Zunge beißen mögen.

Ich erhob mich, ging ans Fenster und legte ihr den Arm um die Taille. Wäre mein Arm ein heißes Eisen gewesen, hätte sie kaum heftiger reagieren können. Sie fuhr herum und stieß mich erschrocken weg. Und so standen wir dann – etwas über einen Meter voneinander entfernt – und starrten uns an. Dann schlug sie die Augen zu Boden; sie wandte sich ab und kehrte zu ihrem Fensterbrett zurück. Ich zog mich in meinen Sessel zurück, sank hinein und beschloss, nichts mehr zu sagen. Aber die Versuchung, den gekränkten, missverstandenen Helden zu spielen, war zu groß.

»Ich bitte um Verzeihung, Edna!«, sagte ich. »Versteh mich nicht falsch. Du hast ja recht: Das alles geht mich eigentlich nichts an. Vergiss meine Worte.«

Stunden später – oder so kam es mir vor – sagte sie: »Es tut mir leid, Odili.« Es war das erste Mal, dass sie mich beim Vornamen nannte. Ich hätte vermutlich vor Freude jauchzen müssen, tat es aber nicht.

»Was denn, was tut dir leid?«, fragte ich düster.

»Habe ich dich gekränkt?«, fragte sie mit den weitaufgerissenen Augen eines unschuldigen Staunens, das ein Herz aus Stein erweicht hätte. Meines jedenfalls schmolz dahin.

»Wie solltest du mich kränken können?«, meinte ich ohne allen Sarkasmus.

Ich war mit diesem bescheidenen Fortschritt ganz zufrieden. Bei einem Mädchen wie Edna war nicht stürmisches Vorgehen gefragt, sondern sanftes, wiederholtes Stupsen. Doch während ich in meinem entlegenen Winkel von Anata diese kleinen privaten und wohlüberlegten Entscheidungen traf, kündigten sich endlich – von langer Hand vorbereitet – Umwälzungen an, die bald schon losbrechen und uns alle aus unserer Lethargie reißen sollten.

Wie inzwischen alle Welt weiß, verfügte unser Außenhandelsminister Alhaji Chief Senator Suleiman Wagada am Neujahrsmorgen eine zwanzigprozentige Erhöhung der Einfuhrsteuer auf bestimmte Arten von Tuchwaren. Am 2. Januar legte die OPAP, die Opposition Progressive Alliance Party, der Öffentlichkeit umfangreiches Beweismaterial vor, aus dem hervorging, dass die British Amalgamated bereits im Oktober des Vorjahres über das Vorhaben des Ministers in Kenntnis gesetzt worden war und schleunigst dafür gesorgt hatte, dass schon Mitte Dezember drei Schiffsladungen Textilien eintrafen. Das Kabinett zerfiel über Nacht in die erbittert sich bekriegenden Lager derer, die den Rücktritt der Regierung forderten, und derer, die wie Chief Nanga der Ansicht waren, die Angelegenheit betreffe allein den Außenhandelsminister und wenn jemand zurücktreten sollte, dann er und sonst niemand. Die Schlammschlacht war eröffnet. Der *Daily Matchet* zum Beispiel brachte eine Story, die enthüllte, dass Chief Nanga, dessen eigenes Ressort der Außenhandel noch vor zwei Jahren gewesen war, sich den gleichen Schwindel hatte zuschulden kommen lassen und mit dem Schmiergeld drei siebenstöckige Luxusapartmenthäuser zu je dreihunderttausend Pfund gebaut hatte, die nominell seiner Frau gehörten und die umgehend zu je vierzehnhundert Pfund pro Apartment und Monat von der British Amalgamated angemietet worden waren. Zunächst zirkulierten diese und andere Geschichten hinter vorgehaltener Hand, doch schon in der zweiten Woche wurden alle Bedenken und jede Zurückhaltung in alle vier Winde geschlagen.

Das Land taumelte am Rande des Chaos. Die Gewerkschaften und der Beamtenbund spuckten große Töne und drohten mit landesweiten Streiks. Geschäfte schlossen aus Angst vor Plünderern. Der Generalgouverneur forderte Gerüchten zufolge den Rücktritt des Premiers, der sich aber erst drei Wochen später bequemte.

Unterdessen wurde ich von Max zu Beratungen und zur Gründung der CPC nach Bori beordert. Wir standen eigentlich nur halb in den Startlöchern, aber das machte uns überhaupt nichts. Wie alle im Land berauschten auch wir uns an der explosiven Stimmung. Vielleicht würden die bevorstehenden Wahlen zu einem Kampf auf Leben und Tod. Nach sieben Jahren Lethargie war uns jede Art von Bewegung willkommen und recht; das Land war reif, es fieberte danach, Runzeln und Speck der fetten Jahre der Indolenz im Aktionismus, und sei es im blinden, loszuwerden. Die Skandale, die tagtäglich für Rauschen im Blätterwald sorgten, lösten nicht etwa eine landesweite Depression aus, sondern ganz im Gegenteil eine fast übermütige Ausgelassenheit – nicht natürlich bei Menschen wie dem Minister Chief the Honourable M. A. Nanga, Mitglied des Parlaments, noch bei Alhaji Chief Senator Suleiman Wagada, aber bei uns anderen, die wir glaubten, nichts zu verlieren zu haben.

Ich kehrte mit einem brandneuen Volkswagen, achthundert Pfund in Scheinen und dem Versprechen von mehr nach

Anata zurück. Ich wäre ja schnurstracks zu Edna gefahren, aber der blanke, cremefarbene Lack des Wagens war mit einer dicken Schicht rotem Lehmstaub bedeckt und von der langen Reise schlammbespritzt, also beschloss ich, erst einmal nach Hause zu fahren und den Wagen waschen zu lassen. Dann erst fuhr ich stolz bei ihr vor, nur um mir sagen lassen zu müssen, dass sie zu Besuch bei ihrer Großmutter in einem Nachbardorf sei. Ihr Vater trat aus dem Haus, um den Wagen zu begutachten, was er auf so kennerhafte Weise tat, dass man hätte meinen können, er verstünde was von Autos. Nach langer und gründlicher Inspektion erklärte er den Wagen zur »Schildkröte« und gluckste leise vor sich hin. Die Begegnung sollte unsere letzte höfliche sein, aber ich will hier nicht vorgreifen. Es war auch der Tag, an dem ich heimfuhr, mich hinsetzte und einen sehr langen Brief, meinen ersten, an Edna schrieb, in dem ich die vielen Gründe aufzählte, weshalb sie nicht Chief Nangas Frau werden dürfe.

Als ich ankündigte, bei den Wahlen gegen Chief Nanga antreten zu wollen, wurde ich zunächst von allen ausgelacht – bis auf den tückischen, geächteten Budenbarbesitzer Josiah. Er tauchte eines Abends wie aus dem Nichts bei mir auf und sagte, er wolle für mich Wahlkampf machen. Ich war gerührt, aber ich wusste natürlich, dass ein so verrufener Mann für unsere Partei eine Riesenblamage und ihr vorzeitiger Untergang wäre. Ich erklärte ihm daher so schonend wie möglich, dass ich für ihn keine Verwendung hätte. Er stand einen Augenblick schweigend da, sagte dann, ich würde meine Entscheidung noch bitter bereuen, und verschwand schneller in der Nacht, als ich ihn zum Pfeffer wünschen konnte.

Zu Chief Nangas Wahlbezirk (Nummer 136 der Wahlkreiseinteilung) gehörten einschließlich des meinen, Urua, und des seinen, Anata, insgesamt fünf Dörfer. Ich hatte ursprünglich vorgehabt, Chief Nanga auf seinem ureigenen Terrain herauszufordern, indem ich Anata selbst zur Operationsbasis wählte, aber das überlegte ich mir sehr bald anders. Die allererste Versammlung, für die ich mir die Aula der Schule gesichert hatte, wurde im letzten Moment vom Schulleiter Mr Nwege torpediert. Ein paar Dorfbewohner waren gekommen, mich zu hören, oder jedenfalls glaubte ich das; entsprechend erbost war ich daher, als ich die Aula verschlossen fand. Einer der Anwesenden, der sich besonders darüber aufzuregen schien, wie man mich behandelte, trat vor, um sich vorzustellen – dachte ich.

»Sie sind also Mr Samalu?«, meinte er. »Sehr erfreut.« Sein Gesicht drückte die Sympathie des Parteigängers aus.

Ich hielt ihm die Hand hin. Doch anstatt sie zu ergreifen, holte er aus und schlug mir die rote Mütze vom Kopf. Das fanden die Umstehenden sehr lustig, und es gab ein großes Gelächter. Ich beschloss, cool zu bleiben, meine Würde zu wahren, und bückte mich nach der Mütze, doch prompt versetzte mir der Schurke zu meinem Entsetzen und zu meiner Schmach von hinten einen Tritt – nicht schlimm, aber kräftig genug, mich auf die Hände zu befördern, die ich schnell ausgestreckt hatte, um meinen Kopf zu schützen. Da wollte ich mich mit ihm schlagen, aber der Feigling hatte sich, unter dem Beifall ebender Leute, von denen ich geglaubt hatte, sie seien gekommen, um mich sprechen zu hören, aus dem Staub gemacht. Ich beschloss da und dort, dass ich mich auf feindlichem Terrain bewegte und mir deshalb einen Leibwächter besorgen und mich in mein Heimatdorf zurückziehen müsse. Doch Anata war noch längst nicht mit mir fertig. Am Abend schickte Mr Nwege einen Boy nach mir. Als ich an der ›Lodge‹ eintraf, händigte er mir ein Monatsgehalt und ein Entlassungsschreiben aus. Ich wollte ihm gerade dafür danken, dass er ein Haus in Brand stecke, das ohnehin abbruchreif sei, und damit anderen viel Mühe erspare, als er knurrte:

»Sie halten sich für zu groß für Ihren Mantel.« Die Dankesworte blieben ungesagt.

»Und Sie sind für Ihren zu klein, Mr Stoß-mich-um«, erwiderte ich stattdessen und lachte ihm laut ins verdutzte Gesicht. Das war nach dem ganzen aufgestauten Ärger des Nachmittags sehr befreiend. »Ja, Mr Stoß-mich-um, Sie sind in Ihrem Mantel geschrumpft.«

Er sprang von seinem Stuhl auf, und ich dachte (oder hoffte), er werde auf mich losgehen. Aber nein, er eilte vielmehr in einen hinteren Raum, wahrscheinlich um seine Doppelflinte oder so etwas zu holen. Ich wartete es jedenfalls nicht ab.

Vier Tage waren inzwischen seit meiner Rückkehr aus Bori verstrichen, und ich hatte weder Mrs Nanga aufgesucht noch, was wesentlicher war, Edna. Dabei war dies – quasi – mein letzter Arbeitstag vor der Verlegung meiner Operationsbasis nach Urua.

Eigentlich hatte ich mit Mrs Nanga nichts mehr zu besprechen. Aber zwischen uns war eine Art konspirative Freundschaft entstanden, und es widerstrebte mir zu gehen, ohne mich von ihr zu verabschieden. Und es gab da zugegebenermaßen auch einen Schuss Neugier; ich wollte gern wissen, wie sie die Nachricht, dass ich gegen ihren Mann kandidierte, aufnahm. Damals war ich politisch noch naiv genug zu solcher Neugierde. Was mich aber vielleicht am stärksten hintrieb, war die Hoffnung, dort zufällig auf Edna zu stoßen.

Die Haustür stand offen, und ich spazierte händeklatschend hinein.

»Wer?«, rief Mrs Nanga von weiter drinnen.

»Ich!«, rief ich lauthals.

»Es gibt Stühle«, rief sie zurück.

Ich setzte mich so, dass ich die Zugänge zum Haus im Blick hatte. Bald hörte ich sie kommen, hörte Sandalen gegen Fußsohlen klatschen und ihr Summen.

Ich wandte den Kopf, und da waren wir, Aug in Aug. Sie blieb wie angewurzelt in der Tür stehen.

»Guten Morgen, Mrs Nanga«, sagte ich.

»Was willst du hier?« Ihr Adamsapfel ruckte vor schwerem Schlucken.

»Ich bin lediglich gekommen, um mich zu verabschieden«, sagte ich, während ich mich zugleich erhob.

»Ich verzichte auf deinen Abschied, hörst du? Du kannst deinem Schutzgeist danken, dass heute kein starker Mann im Haus ist. Nur deshalb wagst du es, dich hier am helllichten Tag einzuschleichen …«

»Verzeihen Sie, aber –«, begann ich, bekam aber keine Chance, auszureden.

Mrs Nanga schlug so rasch und dramatisch Alarm, dass bestimmt das ganze Dorf sie hörte, und rief alle Gottheiten ihres Volkes an, herbeizueilen und zu bezeugen, dass ihr, die arglos in ihrem Heim gesessen habe, wie es eine schwache Person nun einmal tat, der Peiniger, um zu beweisen, wie stark er sei, Unfrieden direkt an die Schwelle gebracht habe … Den Großteil ihrer Schimpfkanonade hörte ich auf dem Weg zum Wagen. Ich hatte in dem Moment die Flucht ergriffen, wo sie ihr *gele* ablegte, ihn sich fest um die Taille wickelte und an den Enden riss wie Ednas Vater an den Fasern für seinen Strick.

Weil es fast Mittag war, fuhr ich von Mrs Nangas Haus gleich zum Missionskrankenhaus von Anata weiter, um Edna abzufangen. Nachdem ich über eine Stunde im Wagen gewartet hatte, tat ich, was ich gleich hätte tun sollen. Ich beschloss, an der Frauenstation vorzufahren. Aber der Tormann ließ mich nicht durch. Das störte mich weniger als seine Unverschämtheit – und das sagte ich ihm auch. Es hätte doch gereicht, mich höflich darauf hinzuweisen, dass Autos nicht aufs Gelände dürften, außer mit Kranken. Stattdessen geiferte er wie ein tollwütiger Hund und zeigte auf das Schild:

»Kannst du nicht lesen?«

»Sei nicht albern«, sagte ich, »und schrei nicht so!«

»Albern!«, schrie er. »Das muss einer wie du gerade sagen. Idiot! Du mit deinem *moto*. Wenn sie dann alle zum Einsatz rufen, *wey get moto*, folgst du *comot*? Blöder Idiot.«

Ich parkte meinen Wagen vor den Toren und ging hinein, ohne den Mann, der immer noch schimpfte, eines weiteren Blickes zu würdigen.

»Ihr fahrt doch bloß Tag für Tag auf der Straße die Leute tot. Blödsinn!«

Auf dem Weg zu den Krankenstationen gellte die Stimme des Kerls noch in meinen Ohren und folgte mir ein böser Wunsch nach dem anderen. Ich dachte über die Bodenlosigkeit des Ressentiments und Hasses nach, aus der solches Gift quoll – und das nur, weil ich ein Auto besaß oder scheinbar besaß! Es war bedrückend und ziemlich erschreckend. Und als ich die Station erreichte und mir eine Schwester unnötig barsch mitteilte, dass meine Patientin gestern entlassen worden sei, fühlte ich mich richtig niedergeschlagen. Ich leide grundsätzlich nicht gern ohne Grund. Leiden sollte kreativ sein, sollte Gutes und Schönes hervorbringen. Also fuhr ich vom Krankenhaus zu Edna, obwohl mir ihr Vater drei Tage zuvor verboten hatte, noch jemals einen Fuß über die Schwelle zu setzen. Und siehe da, zum ersten Mal seit meiner Rückkehr aus Bori war mir das Glück hold. Edna war da und ihr Vater nicht. Allerdings war er offenbar bloß um die Ecke in den Hof gegangen, wahrscheinlich, um sich zu erleichtern. Edna flehte mich an, schnell zu verschwinden.

»Nein«, sagte ich.

»Er bringt dich um, wenn er dich hier sieht.«

»Das wäre großartig«, sagte ich auf Englisch.

»Ich komme zu dir, wenn du jetzt gehst.«

»Das kannst du gar nicht, weil ich Anata nämlich morgen früh verlasse. Ich bin von der Schule geschasst worden. Wie geht es deiner Mutter? Ich war gerade im Krankenhaus, um sie zu besuchen.«

Ednas Blick flog von mir zur inneren Tür, in der ich im Geiste schon ihren Vater auftauchen sah, und wieder zu mir zurück. Sie schlotterte buchstäblich vor Angst. Irgendwie gefiel mir ihre Panik. Es war, als wäre ich betrunken – wovon, hätte ich nicht sagen können.

»Bitte, Odili«, wiederholte sie mit Tränen in der Stimme.

»Sag hundertmal ›bitte, Odili‹, und ich gehe«, sagte ich und fläzte mich genüsslich auf meinem Stuhl.

»Du findest das also zum Lachen. Na gut, bleib nur sitzen.«

Sie hockte sich auf den anderen harten Stuhl und verschränkte die Arme unter ihren vollendeten Brüsten.

»Bitte, Odili«, sagte sie, sprang wieder auf und rang die Hände.

»Eins!«

»Was soll das alles?«, rief sie verzweifelt.

»Nur noch neunundneunzig.«

In diesem Augenblick räusperte sich im Hof ihr Vater. Sie packte meinen Arm und wollte mich hochzerren. Ich lachte über ihren kläglichen Versuch und lehnte mich zurück. Ihr Vater hatte nun das Haus betreten, wir hörten seine Schritte.

»Da hast du's … was soll das alles?«

Es dauerte, bis er mich in den Blick genommen hatte und identifizieren konnte. Als er mich erkannt hatte, kam er ein paar Schritte näher, bis er drohend über mir stand.

»Wen suchen Sie hier?«, fragte er ungemütlich leise. »Hab ich Ihnen nicht neulich erst gesagt, Sie sollen sich hier nicht mehr blicken lassen?«

»Ja«, antwortete ich, machte mir aber nicht einmal die Mühe aufzustehen.

»Warte nur!«, rief er und rannte dorthin zurück, wo er hergekommen war. Weil ich es allmählich leid war, dauernd Leute bedrohlich herumhetzen zu sehen, beschloss ich, diese

Situation jetzt auszusitzen. Nicht einmal Ednas Tränen bewegten mich. Sie drehte sich auf dem Absatz um und floh, lauthals »Mutter! Mutter!« rufend. Doch an der Tür stieß sie mit ihrem Vater zusammen, der sie beiseiteschob und mit erhobenem Kampfmesser auf mich zukam.

Ich sagte: »Wen suchen Sie hier?«

Edna weinte noch lauter, was schließlich ihre kranke Mutter auf unsicheren Beinen an die Schwelle brachte. Ich wiederum versuchte unterdessen, meinem Widersacher zu erklären, dass ich gekommen sei, um ihn und seine Familie um ihre Zettel am Wahltag zu bitten.

»Hat der Junge noch alle beisammen?«, fragte er eher rhetorisch, und ich sah das Kampfmesser langsam sinken. Bis Ednas Mutter endlich bei uns angelangt war, war das Schlimmste schon ausgestanden.

»Das ist doch der Junge, der mir das Brot gebracht hat, oder nicht?«, fragte sie, wankte auf mich zu und bot mir eine knochige Hand mit dicken, knotigen Venen.

»Ist mir egal, was er dir gebracht hat«, sagte ihr Mann. »Eins weiß ich: dass er bloß meinem Schwager eins auswischen will.«

»Wie das?«, meinte die Frau, und ihr Mann erklärte es ihr. Sie hörte aufmerksam zu, überlegte und sagte dann:

»Was geht mich das an? Sie sind beide aufseiten der Weißen. Und die machen es untereinander aus. Was wissen wir schon?«

Als ich etwa eine Stunde später aufbrach, gab mir Ednas Vater einen gesunden Rat mit auf den Weg – gesund jedenfalls aus seiner Sicht.

»Mein Schwager ist wie ein Stier«, sagte er, »und deine Herausforderung ist die Herausforderung einer Zecke an den Stier. Die Zecke saugt sich den Bauch mit Blut vom Stiernacken voll, aber der Stier merkt nicht mal, dass sie da ist. Er trägt sie einfach mit sich herum – zum Fressen, Saufen, Misten. Dann kommt eines Tages der Kuhreiher, hockt sich auf den Stierrücken und pickt die Zecke weg …«

»Vielen Dank«, sagte ich.

»Ich höre, sie haben dir viel Geld für den Kampf gegen meinen Schwager gegeben«, fuhr er fort. »Wenn du das kleinste bisschen Vernunft im Leib hast, trägst du das Geld in deine Bettkammer, versteckst es und *nutzt* es. Zu deinem eigenen Glück. Aber wenn du es lieber zum Fenster rauswerfen willst, frag mich doch, ob ich dir nicht dabei helfen will.«

Es war erstaunlich, wie rasch sich Gerüchte darüber verbreitet hatten, was ich wohl vorhätte. Normalerweise brauchte ein Telegramm aus Bori bis zu uns im Dorf fünf Tage – vorausgesetzt, natürlich, die Jungs vom Post- und Telegraphenamt streikten nicht gerade und es hatte auf den dreihundert Meilen gerade kein Sturm Äste auf die Leitungen geworfen. Ein Gerücht dagegen schaffte es meist innerhalb von einem Tag oder sogar drunter.

Als ich aufbrach, begleitete mich Edna, die sich in der letzten Stunde sehr im Hintergrund gehalten hatte, noch zum Wagen.

»Wo willst du hin?«, fragte ihr Vater.

»Ihn hinausbringen.«

»Wen hinausbringen? Du willst doch nicht etwa heute noch Schläge?«

»Bye-bye«, sagte sie von der Türschwelle.

»Bye«, sagte ich und rang mir ein Lächeln ab.

ELFTES KAPITEL

Als ich losfuhr und mir klarmachte, wie viel Todesmut ich eben bewiesen hatte, durchströmte mich Stolz, wie Palmöl sich auf heißen Yams verteilt. Und die Art und Weise, wie Edna mich angesehen hatte, als sie ›Bye-bye‹ sagte, zeigte deutlich, dass meine Unerschrockenheit auch auf sie nicht ohne Eindruck geblieben war. In diesem Augenblick musste ich mir etwas eingestehen, was ich bisher nicht hatte sehen wollen. Ich erkannte nämlich, dass ich Edna jetzt (wenn nicht von Anfang an) vor allem um ihrer selbst willen begehrte und nur sehr entfernt als Teil eines großangelegten Racheplans. Anfangs hatte ich mir noch eingeredet, dass ich ihr nachstellen wolle, um Chief Nanga zu schaden; jetzt hätte ich ohne weiteres Chief Nangas Kopf abgeschlagen, um sie für mich zu gewinnen. Komisch, oder? Und wo ich schon bei der Selbsterforschung war, musste ich mir eine andere unbequeme Frage stellen. Wie wichtig war mir mein politisches Engagement eigentlich wirklich? Das war schwer zu sagen; alles schien so miteinander verschränkt – meine Rachsucht, meine neuen politischen Ambitionen, das Mädchen. Und vielleicht war es ja nur gut, dass diese Beweggründe sich verhedderten und gegenseitig verstärkten. Denn ich war keineswegs so naiv zu glauben, dass meine Liebe zu Edna genügen würde, um sie einem Minister zu entreißen. Für mich sprachen zwar Vorteile wie meine Jugend und Bildung, aber was zählten die schon im Vergleich zu Wohlstand und Status und der Knute eines raffgierigen Vaters. Nein. Ich würde jede Schützenhilfe brauchen, die ich kriegen konnte. Obwohl ich kaum Chancen hatte, Chief Nangas Parlamentssitz zu erringen, war es dennoch wichtig, ihn zu bekämpfen und so weit wie möglich bloßzustellen, damit es dem Premier, selbst wenn Nanga gewann, unmöglich wäre, ihn wieder in sein Kabinett zu berufen. Im Grunde hatte der Mann doch schon jetzt – wie der Großteil seiner Kollegen – genug Dreck am Stecken, um ihn zu disqualifizieren, aber wir handhaben die Dinge bei uns nicht so streng, wie es andere Länder tun. Also würden die Öffentlichkeitsleute der CPC jeden Skandal aufdecken und aufblasen müssen, denn erst dann würde sich vielleicht jemand erheben und sagen: »Nein, Nanga hat mehr genommen, als einer noch übersehen kann!« Das bliebe aber vorerst Wunschdenken.

Als ich denselben kleinen Abhang hinabrollte, auf dem Edna und ich vor nur wenigen Wochen so dramatisch Opfer eines schwarzen Schafs und einiger Lämmer geworden waren, musste ich unwillkürlich an die raschen Wendungen denken, die so typisch waren für unser Land, und besonders an meinen eigenen Wankelmut. Ich war mit der erklärten Absicht an die Uni gezogen, nach drei Jahren als vollwertiges Mitglied jener privilegierten Schicht wieder abzugehen, deren Wahrzeichen das Auto war. So sehr trieb mich die Vorstellung um, dass ich schon in meinem zweiten Jahr einen Führerschein gemacht und mir sogar überlegt hatte, welche Marke ich kaufen würde. (Das Modell hatte eine Vorrichtung, mit der sich innerhalb von Sekunden aus Sitzen ein Bett machen ließ.) Doch in meinem Abschlussjahr hatte ich gewissermaßen eine intellektuelle Krise durchlaufen, ausgelöst teils von meinem radikalen irischen Geschichtsprofessor und teils von einem Kommilitonen, der fünf Jahre zuvor als Präsident der Studierendenvertretung Berichten zufolge seiner scharfen Zunge stets freien Lauf gelassen hatte. Heute war der Mann speiseeiszüngelnder Staatssekretär im Ministerium für Arbeit und Produktion und galt nicht nur als einer der reichsten und korruptesten Miethaie in Bori, sondern hatte sich in der Presse mit der Bemerkung zitieren lassen, Gewerkschafter gehörten hinter Gitter. Für uns war er das klassische Beispiel für die zersetzenden Wirkungen von Privilegien. Wir verbrannten sein Abbild in ebendem Saal, in dem er flammende Reden gegen die Regierung geführt hatte, und mussten wegen der verrußten Decke ein Bußgeld an die Univerwaltung zahlen. Viele von uns schworen damals, uns niemals von den bürgerlichen Privilegien korrumpieren zu lassen, deren sichtbarste Verkörperung in unserem Land noch immer das Auto war. Und doch schoss ich nun in diesem wunderbaren kleinen Ding durch die Gegend, aß die Hügel wie Yams – würde Edna sagen. Hoffentlich war ich gefeit; ein Mann, der jahrelang Gefahren meidet und letztlich doch umkommt, hat sich vergeblich geplagt.

Als ich zu Hause eintraf, überreichte mir mein Boy Peter einen blauen Umschlag. Die Schrift war wunderschön gerundet – ohne Zweifel die Handschrift einer Frau. Es war nicht die Joys (Joy war eine beiläufige Freundin, die an einer nahe gelegenen Schule Lehrerin war); mit hämmerndem Herzen hoffte ich, der Brief wäre von Edna. Aber das war ja nicht möglich, sonst hätte sie vor knapp einer Stunde doch sicher etwas davon gesagt.

»Ein Junge hat ihn auf dem Fahrrad gebracht. Kaum, dass Sie morgens weg waren«, sagte Peter.

»In Ordnung«, sagte ich. »Und nun fort mit dir.«

Ich wollte ihn ganz schnell aufreißen, zögerte dann aber aus Angst vor dem, was er enthalten könnte. Außerdem wollte ich den schönen Umschlag nicht zerstören. Er war *doch* von Edna! Warum hatte sie nichts gesagt?

Lieber Odili,
Deinen Brief vom 10. erhalten und zur Kenntnis genommen. Ich weiß kaum, wie ich meine tiefe Dankbarkeit für Deinen

brüderlichen Rat zum Ausdruck bringen soll. Es ist einfach schade, dass Du mich bei Deinem letzten Besuch nicht zu Hause angetroffen hast. Mein Bruder hat mir berichtet, wie unangemessen sich mein Vater Dir gegenüber verhalten und wie er Dich beschämt hat. Die ganze Episode tut mir aufrichtig leid, und ich würde Dich gern auf Knien um Vergebung bitten. Ich weiß jedoch, Du wirst so ritterlich und großherzig sein, mir zu vergeben, ehe ich erst darum bitte [schreibe es lächelnd]. Ich habe alles, was Du mir über meine Vermählung gesagt hast, sorgsam bedacht. Du solltest mich armes Ding wirklich bedauern, Odili. Ich stecke mit der ganzen Sache in der Klemme. Wenn ich jetzt kalte Füße kriege, wird mich mein Vater halbtot schlagen. Woher soll er das ganze Geld nehmen, das der Mann für meinen Kopf bezahlt hat? Es ist also gar nicht unbedingt so, dass ich Ministerfrau sein will, sondern mehr so, dass ich keine Wahl habe. Was nicht zu vermeiden ist, muss hingenommen werden.

Worum ich bete, ist Zufriedenheit. Wenn Gott sagt, dass ich bei jedem Mann zufrieden sein kann, werde ich zufrieden sein.

Ich hoffe, wir können Freunde sein. Gestern ist nur ein Traum und morgen eine Vision, aber die Freundschaft von heute macht jedes Gestern zum Traum und jedes Morgen zu einer Hoffnungsvision.

Goody-bye. Träum süß.

Deine

Edna Odo

PS: Mein Bruder sagte, Du hättest ein neues Auto gekauft. Gratuliere, weiter so! Ich hoffe, ich darf – in Gedenken an den Fahrradunfall – einmal mitfahren [das grinsend].

Edna

Der Brief trug das Datum des Vortags. Bestimmt hatte sie damit gerechnet, dass ich ihn erwähne, oder vielleicht war sie zu sehr um meine Sicherheit besorgt gewesen.

Ich las ihn noch mal im Stehen, dann im Sitzen und schließlich rücklings auf dem Bett. In Teilen war er ganz Edna, in Teilen (etwa der Passage über die Visionen von morgen) eindeutig nicht; Letztere musste direkt aus einem dieser sogenannten Briefratgeber stammen. Ich erinnere mich an einen – *Der vollendete Liebesbrief* –, der zu meiner Schulzeit sehr beliebt war. Das Werk war von einem risikofreudigen Händler in Kataki verfasst, gedruckt und verlegt worden und brüstete sich schon auf dem Umschlag einer verkauften Auflage von 500 000 Stück, anders gesagt, hatte sich das Ding ein paar hundertmal verkauft oder würde es hoffentlich bald. Ich kenne Ausländer, die unseren Umgang mit Zahlen kurios finden. Eines Tages – da war ich noch auf der Uni – kam ein ehemaliger District Officer zu uns, mit dem mein Vater vor langer Zeit mal zusammengearbeitet hatte; er war soeben nach einigen Ruhestandsjahren als Berater der Genossenschaften in unsere Region zurückgekehrt und stattete seinem einstigen Dolmetscher nun einen Besuch ab. Während sie sich im Wohnzimmer unterhielten, defilierten meine jüngeren Brüder und Schwestern in einem nicht abreißenden Strom an dem seltsamen Besucher vorbei, bis dieser sich gedrängt fühlte, meinen Vater zu fragen, wie viele Kinder er denn eigentlich habe.

»Etwa fünfzehn«, antwortete mein Vater.

»Etwa? Sie müssen es aber doch wissen?«

Mein Vater grinste und wechselte das Thema. Selbstverständlich wusste er, wie viele Kinder er hatte, aber bei uns werden Kinder nicht gezählt wie Vieh oder Yams. Und das Gleiche gilt, fürchte ich, in unserem Land für Bevölkerungsdaten.

Aber um zu Ednas Brief zurückzukehren: Als ich im Geiste die Teile getilgt hatte, die nicht von ihr selbst kamen, der süßen, spontanen Person, begann ich den Rest Wort für Wort zu analysieren, um herauszubekommen, wo ich bei ihr stand. Der Auftakt, ›Lieber Odili‹, war schon mal ein bisschen enttäuschend. Ich selbst hatte ›Meine liebste Edna‹ geschrieben, und wenn das Interesse gegenseitig wäre, hätte eine Frau entsprechend mit dem gleichen oder etwas heruntergestuften Gefühlsgrad zu antworten – in diesem Fall also mit ›Mein lieber Odili‹. Nun, es gab dafür hier und da im Brieftext selbst kleine Entschädigungen, und ich war bereit, dem ›Träum süß‹ erhebliches Gewicht beizumessen. Insgesamt fühlte ich mich einigermaßen zu meinem Angriff auf Chief Nanga ermutigt.

Sobald ich in mein Heimatdorf zurückgekehrt war, stellte ich einen Trupp Leibwächter zusammen. Es waren vier; der Chef war ein Grobian namens Boniface, der vor einigen Jahren in unserem Dorf aufgetaucht war, woher, wusste niemand. Er sprach damals nicht einmal unsere Sprache. Inzwischen schon, aber er bevorzugt nach wie vor Pidgin. Ich weiß nicht, ob es stimmt, dass er in seinem Unterarm nur einen statt der üblichen zwei Knochen hat, aber das erzählte man sich jedenfalls. Er benahm sich manchmal wie ein Verrückter, was er selbst unumwunden zugab, aber mit einem frühen Unfall erklärte, bei dem er als Kind aus einem Mangobaum auf den Kopf gefallen war. Ich zahlte ihm zehn Pfund im Monat, bei freier Kost, was recht großzügig war; seine drei Assistenten bekamen viel weniger. Wohin mich mein Wahlkampf auch führte, Boniface saß im Auto neben mir, die anderen drei hinten. Als die Reisen riskanter wurden, stimmte ich einer minimalen Bewaffnung zu, rein zu Verteidigungszwecken. Wir führten im Kofferraum fünf Kampfmesser mit, ein paar leere Flaschen und Steine. Später sahen wir uns gezwungen, mit zwei doppelläufigen Gewehren aufzurüsten. Ich hatte dem nur sehr ungern zugestimmt, und zwar nach vielfach gegen uns angewandter Gewalt wie die grundlosen Attacken einiger jugendlicher Gangster und Schläger, des Stoßtrupps von Nanga, seiner Youth Vanguard, kurz Nangavanga. Überall im District schossen täglich neue Ableger dieser Nangavanga hoch. Ihr erklärtes Ziel war die Auslöschung aller »Feinde des Fortschritts« und die »Wahrung des wahren Nangaismus«. Die Burschen, die sich uns entgegenstellten, trugen

Plakate, eines mit der Botschaft ES LEBE DER NANGAISMUS – SAMALU: VERRETER. Es war das erste Mal, dass ich mein Konterfei auf einem Plakat sah; es gab mir unerwarteten Auftrieb. Es war auch ganz amüsant, eigentlich, zu sehen, wie die Feiglinge sich hinter den von ihnen errichteten Straßenblockaden davonschlichen, als Boniface zwei ihrer Anführer packte, ihre Köpfe wie Hanteln zusammenstieß und sie links und rechts zu Boden sinken ließ. Ihr hättet sie sehen müssen, sie fielen wie gekappte Bananenstauden. Damals errang ich meine erste Trophäe – das Plakat mit meinem Namen. Aber dafür verlor ich meine Windschutzscheibe, die sie mit Steinen zerschlugen. Es war seltsam, aber von diesem Tag an hielt ich ständig Ausschau nach feindlichen Plakaten mit meinem Namen und war zunehmend enttäuscht, wenn ich keine oder zu wenige sah.

Eines Morgens weckten Boniface und einer seiner Getreuen mich sehr früh und verlangten fünfundzwanzig Pfund. Ich wusste zwar, dass Ausbeutung in Maßen zum Geschäft gehörte, und ich schaute daher nicht auf jeden Penny. Aber andererseits konnte ich mich schlecht aus der Verantwortung für die mir anvertrauten CPC-Gelder stehlen. Ich musste mich, um eines ruhigen Gewissens willen, davon überzeugen, dass ich noch das Heft in der Hand hielt.

»Ich habe euch doch erst gestern zehn Pfund gegeben«, sagte ich daher und wollte gerade hinzufügen, dass wir im Gegensatz zu unseren Rivalen nur über begrenzte Mittel verfügten – ein Argument, das ich bereits unzählige Male ins Feld geführt hatte. Aber Boniface unterbrach mich.

»Bist du noch ganz da?«, fragte er. »Wenn wir hier nur spielen – *na play we de play,* musst du's uns sagen, ich denk nämlich gar nicht dran, meine Zeit zu vergeuden. Oder ist das alles nur Gerede – *say na so so talk talk,* dass du Chief Nanga fertigmachst? Wenn dir die Regierung nicht genug Geld für die Wahlen gibt, musst du ihnen sagen, dass es keine Kleinigkeit ist, ihn zu schlagen – *no be san sand …*«

»Man greift den Tiger nicht mit leerer Hand an«, bekräftigte einer seiner Leute, bevor ich auch nur ein Wort zu Bonifaces phantastisch falscher Vorstellung sagen konnte.

»Wir kriegen das Geld ja nicht von der Regierung«, erklärte ich. »Wir sind eine kleine Partei, die CPC. Wir wollen armen Menschen wie euch helfen. Glaubt ihr, dafür gibt die Regierung uns Geld …?«

»Aber woher kommt dann dieses … PCP-Geld?«, fragte Boniface verwirrt.

»Von Freunden im Ausland«, sagte ich wissend, um meine eigene Ahnungslosigkeit zu kaschieren, über die ich in der Hitze des Gefechts gar nicht weiter nachgedacht hatte.

»Und denen kannst du nicht mal ein Telegramm schicken?«, meinte Bonifaces Kollege.

»Lassen wir das jetzt mal beiseite. Wozu braucht ihr fünfundzwanzig Pfund? Und was ist aus den zehn Pfund geworden?« Ich glaubte, streng sein zu müssen. Es wirkte.

»Drei Pfund zehn haben wir dem Polizisten gegeben, damit er für uns die Anzeige abschmettert. Und eins zehn dem Gerichtsbeamten, weil der gesagt hat, so wie er's sieht, kann der Polizist das nicht einfach so machen. Zwei Pfund sind dann noch an …«

»Schon gut«, sagte ich. »Und wofür braucht ihr die fünfundzwanzig?«

»Hast du nicht gehört, dass Chief Nanga gestern *done return* aus Bori?«

»Wie, wollt ihr den auch schmieren?«

»Das ist nicht zum Spaßen, wir brauchen das Geld für ein paar Leute, die nachts zu ihm gehen und sein Auto abfackeln.«

»Was?! Nein, das ist unnötig.« Es entstand eine Pause.

»Hör zu, *frien*, wie ich schon sagte, wenn es dir mit der Sache nicht ernst ist, geh doch und leg dich aufs Ohr. Ich seh schon, du machst hier auf Gentleman … Weißt du nicht, dass zu viel Gentleman die anderen zum Minister macht? Du willst wissen, worum es mir geht? *Na you sabi* – jetzt weißt du's.«

Wie sich mein Vater zu meinen politischen Aktivitäten stellte, faszinierte mich sehr. Er war – das habe ich wohl bereits erwähnt – in unserem Dorf Urua der Ortsvorsitzende der POP, und ich war deshalb davon ausgegangen, dass für mich unter seinem Dach kein Platz mehr wäre. Aber ich irrte mich gewaltig. Er war der Ansicht (ohne dass er es direkt gesagt hätte), dass die Triebfeder allen politischen Engagements der persönliche Vorteil sei, eine Haltung, muss ich sagen, die der allgemeinen Einstellung in unserem Land viel eher entsprach als die hochherzigen Vorstellungen von Leuten wie Max und mir. Der einzige Kommentar, den ich mich entsinne, von meinem Vater gehört zu haben (am Anfang jedenfalls), war, dass er mich fragte, ob meine »neue« Partei mich mit ausreichenden Mitteln versehen würde, um es mit Nanga aufzunehmen. Er schien es eher zu bezweifeln. Andererseits zeigte er sich durchaus mit dem zufrieden, was bisher für mich selbst dabei herausgesprungen war, besonders dem Volkswagen, den er jetzt fast so oft nutzte wie ich. Die sonstige Feindseligkeit zwischen uns wurde in eine Ecke gestellt, außer Sicht. Aber das sollte sich alles bald ändern und dann wieder ändern.

Wir saßen eines Tagen gegen Mittag bei ihm im Hofhaus und lasen die Zeitung des Vortags, die ich soeben bei dem örtlichen Zeitungshändler und Friseur Jolly Barber gekauft hatte, als ich Chief Nangas Cadillac nahen sah. Ich erwog, ins Haupthaus zu wechseln, entschied mich jedoch dagegen. Schließlich wagte er sich in meine Höhle, wenn also jemandem unbehaglich sein musste, dann doch nicht mir, sondern dem Eindringling. Ich sagte meinem Vater, der kurzsichtig nach dem Wagen spähte, dass es Chief Nanga sei, und da griff er augenblicklich nach einem Unterhemd, um sich oben zu bedecken, band hastig sein riesiges *lappa* neu und eilte zur Schwelle, um den Besucher mit dem schlapp devoten Lächeln zu begrüßen, das bei uns so treffend ›faul‹ genannt wird. Ich blieb sitzen und gab vor zu lesen.

»Hello, Odili, großer Gegner!«, grüßte Chief Nanga und ging mit einer Scheinheiligkeit zum Angriff über, wie ich sie noch nicht erlebt oder für möglich gehalten hätte.

»Hallo«, erwiderte ich in einem Ton, platt wie der Fußboden.

»Den Chief Honourable Minister hast du wohl erst gestern gesehen?«, fragte mein Vater streng.

»Lassen Sie nur«, meinte Chief Nanga. »Er und ich feinden uns gern im Spaß an. Wer uns nicht kennt, könnte meinen, wir würden uns gleich die Köpfe abhacken …«

Ich lehnte mich noch weiter in meinem Korbsessel zurück und hielt die Zeitung ein Stück höher. Nanga versuchte noch einige Male, mich aus der Reserve zu locken, doch ich weigerte mich standhaft, den Mund aufzutun, selbst als mein Vater mich dummerweise anbrüllte und zu mir herüberstürzte, als wolle er mich schlagen. Zum Glück für uns beide tat er es nicht; für mich wäre das fatal gewesen, denn einer, der sich mit seinem eigenen Vater prügelt, fände im Wahlbezirk kaum noch ein geneigtes Ohr. Interessant fand ich, rückblickend, dass Chief Nanga, der zuvor so laut um mich geworben (oder zumindest so getan) hatte, sich plötzlich erwartungsvoll zurückhielt, zweifellos still darum betend, dass mein Vater sich von seiner Wut hinreißen lassen würde. Als er begriff, dass sein Gebet nicht erhört werden würde, sagte er ohne das leiseste Anzeichen von Heuchelei: »Machen Sie sich um Odili mal keine Sorgen, Sir. Wenn ein junger Mann sich nicht gebärdet wie ein junger Mann, wer dann?«

»Er sollte warten, bis er sein eigenes Haus errichtet, dort kann er nach Belieben seinen Kopf in einen Topf stecken, aber nicht hier unter meinem Dach. Mich mag er missachten, aber soll ihm seine Unverschämtheit gegenüber einem distinguierten Gast erlaubt sein?«

»Schon gut, Sir. Ich bin hier kein Gast. Ich betrachte dieses Haus als mein Heim und Sie als meinen politischen Vater. Was immer wir drüben in Bori erreichen, verdanken wir der Unterstützung hier, von Menschen wie Ihnen. Diese ganzen jungen Kerle, die allerhand Unsinn gegen mich vorbringen, was wissen die schon? Sie hören, Chief Nanga soll zehn Prozent Provision gegessen haben, und verlieren den Kopf und zetern. Aber sie wissen nicht, dass sämtliche Provisionen in die Parteikasse fließen …«

Ich ließ die Zeitung sinken, auf halbmast sozusagen.

»Ganz recht«, sagte mein Vater wissend, aber ich konnte an seinem Gesicht ablesen, dass es ihn viel guten Willen kostete, zu diesem Wissen zu kommen. Nangas Erklärung hatte ihn offenbar zunächst verwirrt, dann aber hatte er sich vermutlich gesagt, dass er als Ortsvorsitzender der POP schlecht Unkenntnis ihrer Regeln eingestehen konnte, also wusste er gleich, was gemeint war. Bei Gesetzesverstößen läuft das, was man weiß, und das, was man hätte wissen müssen, ja meist auf dasselbe hinaus.

»Dann wird ihr neuer vierstöckiger Bau wohl die neue Parteizentrale«, sagte ich und legte die Zeitung jetzt endgültig weg.

»Chief the Honourable Minister hat nicht mit dir gesprochen«, sagte mein Vater lahm.

»Nein, das würde er auch nicht, weil er weiß, dass ich weiß, was er weiß … Die Busse zum Beispiel dienen, wie wir alle wissen, nur dem Transport der Parteimitglieder, und die wichtige Aufgabe der –«

»Schweig!«, rief mein Vater.

»Lassen Sie ihn nur, Sir. Wenn er erst seine ganze Unwissenheit unter Beweis gestellt hat, werde ich ihn aufklären.«

Ich wollte sagen, er soll doch hingehen und seine Mutter aufklären, besann mich aber eines Besseren.

»Sind Sie fertig, Mr Nationalist? Wer nichts weiß, aber nicht weiß, dass er nichts weiß, ist ein Tor.«

»Achten Sie nicht weiter auf ihn, Chief. Er ist mein Sohn, aber ich sage Ihnen, wenn ich noch so einen gehabt hätte, wäre ich längst tot. Gehen wir ins Haus.« Mein Vater führte ihn in das dunkle Wohnzimmer des Haupthauses – ein Bauwerk aus Stein und Zement, das einst das schönste und modernste Uruas gewesen war. Davon ist aber heutzutage, wenn es um Bauten geht, keine Rede mehr. Es gilt inzwischen mit seinem hohen, steilen Dach aus genug Wellblech für mindestens zwei weitere Häuser als altmodisch. Eines Tages wird jemand die Holzläden an den schmalen Fenstern durch Scheiben ersetzen müssen, um mehr Licht in die Räume zu lassen, und dieser Jemand werde vermutlich ich sein.

Ich blieb im Hofhaus und sonnte mich in dem Gefühl, meinen Vater und seinen hohen Gast durch meine Attacke aus dem luftigen, angenehmen Taghaus ins dunkle Steinhaus getrieben zu haben.

Etwa eine halbe Stunde später erschien mein Vater an der Vordertür zum Haupthaus und rief meinen Namen. »Sir!«, antwortete ich respektvoll, ohne mich aber zu erheben oder überhaupt nur zu rühren.

»Komm herein«, rief er. Ich ließ mir Zeit. Auf einem Tablett auf dem kleinen runden Tisch in der Mitte des Wohnraums standen eine Flasche Whisky und eine mit Sodawasser. Chief Nangas Glas war halbvoll, das meines Vaters, wie immer, leer.

»Setz dich«, sagte Chief Nanga zu mir, »wir fressen niemanden.« Seine Leutseligkeit machte mich sofort misstrauisch.

Ich setzte mich ostentativ so, dass ich nicht in Nangas Richtung sehen musste. Mein Vater kam gleich zur Sache.

»Wenn ein Verrückter nackt herumspaziert, sind es nur seine Verwandten, die sich schämen, nicht er selbst. Ich habe Chief Nanga deinetwegen um Vergebung angefleht. Wie konntest du sein Haus aufsuchen, von ihm Hilfe erwarten, sein Essen essen und ihm dann ins Gesicht spucken? … Lass mich ausreden. Du hast mir von alledem nichts erzählt – dass du ihn öffentlich blamiert und sein Haus mit dem Vorsatz verlassen hast, ihn zu Fall zu bringen … Ich sagte, lass mich ausreden! Es überrascht mich keineswegs, dass du hier angekrochen kamst und mir nichts von alledem gesagt hast. Als hättest du mir je etwas gesagt. Warum auch? Für dich habe ich nicht genug Buch, für dich bin ich von vorgestern… Lass mich ausreden. Trotz deines Verhaltens hat Chief Nanga die Bemühungen zu deinen Gunsten nicht eingestellt und bringt dir nun das Stipendium an die Haustür. Seine Großmut beschämt mich; ich hätte sie nicht. Überdies bringt er dir zweihundertfünfzig Pfund, wenn du das hier unterschreibst …« Er hielt ein Blatt Papier hoch.

»Ich will Sie ja nicht unterbrechen, Sir«, sagte Chief Nanga. »Aber ich möchte jedes Missverständnis vermeiden.« Er wandte sich jetzt direkt an mich. »Ich habe keine Angst vor dir. Jede Ziege und jedes Federvieh in diesem Land weiß, dass du jämmerlich scheitern wirst. Du wirst deine Antrittsgebühr verlieren und dich ordentlich blamieren. Ich biete dir dieses Geld nur, weil ich finde, dass ich es nach meinen langen Jahren im Dienst unserer Bürger verdiene, ohne Gegenkandidat gewählt zu werden, damit meine Feinde in Bori verstehen, dass die Leute voll und ganz hinter mir stehen.

Das ist der einzige Grund für das Geld. Sonst würde ich dich deinem Schicksal überlassen und dir die bittere Lektion nicht ersparen, damit du, wenn du je wieder von Wahlen hörst, die Beine in die Hand nimmst … Ich weiß, dass deine gewissenlosen Kameraden dir Geld gegeben haben. Wenn du auch nur einen Funken Verstand besitzt, dann behalte das

Geld und sorge damit für die Ausbildung der Kinder deines Vaters oder lege es sonstwie nutzbringend an …«

Ich blieb erstaunlich gelassen. Eigentlich dachte ich die ganze Zeit an Edna. Aber mir entging nicht, wie mein Vater schon die Nase zur stolzen Ablehnung des Angebots in die Höhe reckte, das ich nie gemacht hatte – noch zu machen gedachte –, nämlich seine Kinder auszubilden.

»Wir wissen, wo das Geld herkommt«, fuhr Nanga fort. »Glaub ja nicht, dass wir nicht Bescheid wüssten. Mit denen werden wir nach der Wahl abrechnen. Die glauben, sie können einfach herkommen und gewissenlosen Gesellen Geld für den Umsturz einer demokratisch gewählten Regierung zustecken? Denen werden wir es schon zeigen. Und was dich angeht, Bruder, iss, was dir in die Hand fällt … dein guter Freund Maxwell Kulamo ist da klüger. Er hat sein Geld schon genommen und sich bereit erklärt, zugunsten Chief Kokos zu weichen.«

»Unmöglich!«

»Sehen Sie sich ihn an. Er weiß nicht einmal, was vorgeht, unser großer Politiker! Du hockst hier im Busch und verschwendest deine Zeit, während deine Freunde emsig dabei sind, ihr Geld in einer Bank in Bori zu bunkern. Aber wie dem auch sei, du bist kein Kind mehr. Ich habe getan, was ich konnte, und, bei Gott, dein Vater ist mein Zeuge. Nimm dein Geld und nimm dein Stipendium und studiere; das Land braucht Fachleute wie dich. Und überlass das dreckige Spiel der Politik denen, die es zu spielen verstehen …«

»Erwarten Sie von mir eine Antwort? Sie lautet NEIN, mit Ausrufezeichen! Sie glauben, jeder ließe sich mit ein paar dreckigen Pfund kaufen. Sie machen einen bedauerlichen Fehler. Ich werde Sie auf allen Wegen und auch im Busch bekämpfen, und wenn Sie die gesamte CPC kaufen. Ich sehe, dass Sie Ihre Angst zu überspielen suchen. Ich sehe die Angst in Ihren Augen. Wenn Sie keine Angst vor mir haben, warum schicken Sie mir dann Schläger auf den Hals, warum schleppen Ihre gekauften Feiglinge Plakate mit meinem Namen herum. Tut mir leid, *Mr Man*, aber Sie können ihr dreckiges Geld wieder einpacken und verschwinden … *bush man*!«

»Odili!«

Letztlich war ich der, der verschwand. Als ich an Nangas Cadillac vorbeifuhr, sah ich darin vier oder fünf Schläger, von denen mir einer bekannt vorkam, obwohl ich nicht nah genug war, um ihre Gesichter wirklich erkennen zu können.

Ich wusste, dass das mit Max und seiner Bereitschaft, auf seine Kandidatur zu verzichten, gelogen war, aber ich fragte mich langsam schon, warum er noch nicht aufgekreuzt war, um unserer Kampagne hier im Bezirk ein bisschen mehr Schwung zu verleihen.

ZWÖLFTES KAPITEL

»Ein Verrückter mag zwar mal ein wahres Wort sagen«, meinte mein Vater, »aber höre genau hin, und du wirst feststellen, dass er dem bald etwas hinzufügen wird, das den kranken Zustand seines Geists verrät. Mein Sohn, du hast mal wieder bewiesen, wer du wirklich bist. Als du mit einem Wagen heimkamst, habe ich mir gesagt: Gut! Er kriegt endlich ein bisschen Vernunft in den Leib … aber ich hätte es besser wissen müssen. Du willst es also allen Ernstes mit Chief Nanga aufnehmen! Mein Sohn, warum wirfst du dich nicht hin, wo man die Stücke wenigstens aufsammeln kann? Wenn dir das Geld, das er dir anbietet, nicht genügt, warum hast du es nicht gesagt? Warum hast du nicht drei- oder vierhundert verlangt? Aber du wärest nicht Odili, wenn du das tätest. Nein, du musst den Mann beleidigen, der als Freund zu dir kommt und – ich will dich mal etwas fragen: Glaubst du, er kehrt morgen zurück und bekniet dich noch mal mit seinen zweihundertfünfzig? Nein, mein Sohn, nein. Du hast den Himmel verspielt und die Erde …«

»Was sorgst du dich und krümmst dich über einen Verlust, der meiner ist und nicht deiner? Du bist POP, ich bin CPC …«

»Du wirst meine lästige Stimme bis zu dem Tag hören, an dem du nicht mehr Odili Samalu heißt oder mich suchst und nicht mehr siehst.«

Das stimmte mich sehr viel milder. Ich werde immer sentimental, wenn es um Menschen geht, die nicht mehr zu sehen sind, wenn man sie sucht. Ich sagte darauf erst einmal nichts, aber als ich es dann tat, waren meine Worte versöhnlicher.

»Also gestattet deine Partei Ministern, Bestechungsgelder anzunehmen, wie?«

»Bitte?«, sagte er, wieder wach. Ich hatte nicht zu ihm hingesehen und deshalb nicht bemerkt, dass er eingenickt war.

»Chief Nanga hat gesagt, die zehn Prozent, die er für die Vermittlung von Aufträgen bekommt, fließen der Partei zu. Stimmt das?«

»Wenn der Alligator morgens aus dem Wasser steigt und dir sagt, dass das Krokodil krank ist, zweifelst du dann an seinen Worten?«

»Verstehe«. Jetzt sah ich ihn fast sofort wieder einnicken und musste wider Willen schmunzeln.

Am nächsten Tag traf Max mit unserem Wahlkampfteam aus Bori ein. Ihn begleitete ein rundes Dutzend Leute, von denen ich nur zwei kannte – seine Verlobte Eunice und den Gewerkschafter Joe. Sie kamen in einem Pkw, einem Minibus und zwei brandneuen Landrover mit Lautsprechern auf dem Dach. Sie so zuversichtlich und so gut gerüstet zu sehen war das beflügelndste Ereignis der ganzen letzten langen Wochen. Ich beneidete Max um seine schöne, engagierte Freundin; manche Leute haben einfach Glück. Ich wünschte, ich hätte Edna holen können, damit sie die beiden sah.

»Du hast mir gar nicht gesagt, dass ihr heute kommt«, meinte ich zu Max. »Nicht, dass es darauf ankommt.«

»Hast du mein Telegramm denn nicht gekriegt?«

»Nein.«

»Ich habe am Montag ein Telegramm geschickt.«

»Diesen Montag? Na ja, wir haben erst Donnerstag; Samstag müsste es hier sein …«

»DV«, meinte Max, »Deus volent.«

Alle lachten, und ich führte sie in das Hofhaus meines Vaters. Er hatte bei ihrem Anblick rasch sein bräunliches Unterhemd übergestreift und schüttelte allen so begeistert die Hand, als wäre er ein Unterstützer. Meine jungen Brüder und Schwestern wieselten überall herum, ein paar schnitten vor dem spiegelnden Lack der Karosserien Grimassen. Die Wagen mussten an der Fähre gewaschen worden sein, sagte ich mir. Es war typisch für Max, sauber und makellos ankommen zu wollen. Zwei oder drei der Frauen meines Vaters kamen ans Tor zum inneren Hof und riefen den Besuchern ihre Grüße zu. Dann kam Mama, die Hauptfrau, mit einem Telegramm in der Faust herbeigeeilt.

»Das ist heute Morgen gekommen, als du unterwegs warst; es ist mir gerade erst wieder eingefallen«, sagte sie mir. »Ich habe Edmund ermahnt, mich zu erinnern, sobald du heimkehrst, aber der dumme Junge …«

Wieder gab es großes Gelächter, und mein Vater verzichtete angesichts der Heiterkeit auf den Rest der Zurechtweisung, zu der er angesetzt hatte, von »denen, die kaum lesen können, aber nichts lieber tun, als anderer Leute Briefe zu horten«.

»Wir müssen unsere früheren Verlautbarungen zurücknehmen«, sagte Max, »und ein Hoch auf das Post- und Telegraphenamt ausbringen.«

»Hip, hip-hip –«

»Hurra!«

»HIP, HIP-HIP –«

»Hurra!«

»For they are jolly good fellows
For they are jolly good fellows
For they are jolly good fellows
And so say all of us.
And so say all of us, hurrah!
And so say all of us, hurrah!
For they are jolly good fellows
For they are jolly good fellows
For they are jolly good fellows
And so say all of us.«

Das Singen und Lachen und der Anblick so vieler Fahrzeuge rief Nachbarn und Passanten auf den Plan, und bald hatten wir einen kleinen Menschenauflauf.

»Warum starten wir unsere Kampagne nicht gleich hier?«, meinte Max mit blanken, glückstrunkenen Augen.

»Ja, warum nicht?«, meinte Eunice.

»Nein, nicht hier«, erklärte ich sehr bestimmt. »Mein Vater ist Ortsvorsitzender der POP, und wir dürfen ihn nicht in Verlegenheit bringen … außerdem startet man eine Kampagne nicht einfach so mir nichts, dir nichts.«

»Was redet der Junge da?«, meinte mein Vater. »Was hat meine Mitgliedschaft in der POP damit zu tun? Wie es so schön heißt: Mag der Milan nisten, und mag auch der Reiher nisten. Wenn der eine zum anderen *nein* sagt, soll sein Flügel brechen.«

Meine Genossen spendeten ihm Beifall und sangen erneut ›For he is a jolly good fellow‹. Diesmal waren die Lautsprecher eingeschaltet, und unser Gesang beschallte die ganze Nachbarschaft. Als dann noch vier oder fünf Highlife-Platten abgespielt worden waren, platzte der Hof vor Menschen aus allen Nähten. Sämtliche Stühle und Küchenhocker waren aus dem Haus geschleppt und für die Ältesten und Dorfhonoratioren in einem Halbkreis aufgestellt worden. Auf den Stufen des Hofhauses war vor dem Publikum ein Mikrophon aufgebaut worden. Was sofort Eindruck machte, war, wie man in die Kugel sprechen und seine Stimme an einer ganz anderen Stelle donnern lassen konnte. »Da kann man doch sagen, was man will«, hörte ich jemanden bemerken, »der Weiße hat Geist.«

Max' Stegreifrede – oder jedenfalls war sie nur in groben Zügen vorbereitet – fiel im Großen und Ganzen recht eindrucksvoll aus. Aber ich glaube nicht, dass sie sonderlich überzeugte. Genau genommen, war es auch gar keine Rede, sondern mehr ein Dialog zwischen ihm und der Zuhörerschaft beziehungsweise einer stimmgewaltigen Fraktion derselben. Ein Mann erwies sich als besonders lästig. Er war einst Polizeioffizier und zwei Jahre inhaftiert gewesen, weil er von einem Lkw-Fahrer zehn Shilling Schmiergeld angenommen hatte. So lautete jedenfalls die offizielle Version. Nach der Darstellung des Mannes selbst war ihm die Sache angehängt worden, weil er damals, vor der Unabhängigkeit, gegen seinen weißen Vorgesetzten aufbegehrt hatte. Ich glaube, es gab noch eine dritte Version der Geschichte, nach der Angehörige eines verfeindeten Stammes verantwortlich waren. Wie immer es sich auch tatsächlich verhielt, ›Koppel‹, wie ihn die Dorfbewohner immer noch nannten, war nach seiner Freilassung zu seinen Leuten zurückgekehrt und zum örtlichen Berater und Politiker geworden. Derzeit war er maßgeblich an der Bereitstellung von Steinen für das Wasserversorgungssystem in unserem Dorf beteiligt und wurde vielfach (im Flüsterton) beschuldigt, morgens eine Ladung Steine zu verkaufen, sie nachts fortzuschaffen und am nächsten Morgen erneut zu verkaufen, und das so oft, wie er wollte. Er steckte natürlich mit dem Finanzleiter im Kommunalrat unter einer Decke.

Max begann seine Rede mit dem Vorwurf, die scheidende Regierung habe sich alle Arten von Schwindel und Korruption zuschulden kommen lassen. Während er ein Beispiel ums andere dafür anführte, wie etliche unserer politischen Führer, die noch vor fünf Jahren Bettler mit Asche im Mund gewesen seien, sich vor unseren Augen zu Fastmillionären gemausert hätten, wurde im Publikum viel gelacht. Aber es war ein ins Schicksal ergebenes Lachen. Niemand schwor Rache, niemand bebte vor Empörung oder zeigte auch nur einen Anflug von Kampfgeist. Man verstand, was gesagt wurde, schließlich hatte man es mit eigenen Augen gesehen. Aber was sollte man schon dagegen tun?

Der Expolizist sagte es sehr treffend: »Wir wissen, dass sie essen«, meinte er, »aber wir essen auch. Sie bringen uns Wasser, und sie versprechen, uns Elektrizität zu bringen. Die hatten wir vorher nicht; deshalb sage ich: Wir essen auch.«

»Verteidige du sie nur, Koppel«, rief jemand aus dem Publikum ihm zu. »Du isst ja selbst vor allem die gutabgehangenen Perlhühner mit.«

Das brachte wieder einige Lacher, aber auch hier war es ein müdes, resigniertes Lachen. Keiner schien gewillt, den Vorwurf zu vertiefen oder sich mit Koppel darüber anzulegen, dass er seine Gaunerkumpane in Schutz nahm.

Bisher hatte Max langsam und mit Bedacht gesprochen, ohne viel Hitze. Jetzt aber, als er der noch amtierenden Regierung vorwarf, ihre Privilegien auf unsere Kosten immer weiter auszubauen, begannen seine Hände und seine Stimme zu flattern.

»Ob POP oder PAP, sie sind alle gleich!«, rief er.

»Wie ein Zehn-Pence-Stück dem anderen«, stimmte jemand auf Englisch zu.

»Sie wollen den Reichtum des Landes unter sich aufteilen. Deshalb müsst ihr euch von beiden abkehren, deshalb haben wir nun die CPC als Partei für Leute wie uns gegründet … Es war einmal ein Jäger, der nachts ein Stück Großwild erlegte. Er suchte das Tier vergeblich und beschloss schließlich, nach Hause zu gehen und bis zum Morgen zu warten. Bei Morgengrauen kehrte er voll Vorfreude in den Wald zurück. Was glaubt ihr, was er dort fand? Er sah zwei Geier sich um den Kadaver balgen. Zornergrimmt lud er sein Gewehr und erlegte die beiden schmutzigen, ungenießbaren Vögel. Jetzt könntet ihr zwar sagen, dass es dumm war, seine Kugeln zu vergeuden, aber ich widerspreche. Er war wütend und wollte die dreckigen Diebe, die sich um das stritten, was einem anderen gehörte, auslöschen. Ihr seid dieser Jäger. Ja, du und du und du. Und die Geier die POP und die PAP …« Es gab lauten Beifall. Hervorragend, dachte ich.

»Es waren aber drei Geier«, sagte der Expolizist, als der Beifall verebbte. »Der dritte und jüngste war die CPC.«

»Lass doch den jungen Mann seine Geschichte erzählen!«, wandte eine ältere Frau ein, die an einer kurzen Tonpfeife sog. Viele andere aber fanden den Expolizisten offenbar sehr witzig, und ich sah den einen oder anderen ihm die Hand schütteln.

Am Ende seiner Rede brachte Max ein Argument, das ich, ehrlich gesagt, für unter seinem und dem Niveau der CPC hielt, aber vielleicht nehme ich es zu genau. »Wir alle wissen, was der eine Hund zum anderen sagte. Nämlich: ›Wenn ich diesmal für dich falle und du das nächste Mal für mich, dann weiß ich, es ist Spiel und nicht Ernst.‹ Das letzte Mal habt ihr einen aus Anata ins Parlament gewählt. Jetzt seid ihr hier in Urua dran. Eine Ziege frisst nicht für den Magen des Huhns, ganz gleich, wie gut sich die beiden verstehen. Unser ist unser, aber mein ist mein. Ich möchte euch als Parlamentskandidaten unserer Partei euren Sohn Odili Samalu empfehlen …« Er trat zu mir hin und riss meinen Arm hoch, und die Menge jubelte und jubelte.

Da erhob sich ein älterer Mann, auch einer vom Kommunalrat, glaube ich. Er hatte direkt vor dem Mikrophon auf seiner Stuhlkante gesessen, beide Hände wie ein Kletterer um seinen Eisenstab geklammert. Seine Körperhaltung und sein Ausdruck hatten nahegelegt, dass er allem, was gesagt wurde, gebannt folgte.

»Ich möchte dem jungen Mann für seine schönen Worte danken«, sagte er. »Jedes einzelne ist in mein Ohr gedrungen. Ich sage immer wieder, dass heute nicht Alter noch Titel zählen, sondern Wissen. Der junge Mann besitzt offensichtlich viel Wissen, und ich verneige mich vor ihm. Ein Wort aus seinem Mund aber ist tiefer in mein Ohr gedrungen als alle anderen – es ist nicht nur vorgedrungen, sondern es hat sich dort ein Haus gebaut. Ich weiß nicht, ob ihr anderen es so gehört habt, wie ich es gehört habe. Das Wort besagte, unser eigener Sohn solle hingehen und uns unseren Teil bringen.« Großer Beifall. »Dieses Wort ist in meinem Ohr. Das Dorf Anata hat schon gegessen; nun muss es den Weg zum Napf für uns freimachen. Kein Mann aus Urua wird einem Fremden seinen Zettel geben, wenn unser Sohn ihn braucht; wenn nun das Kraut, das wir im Wald suchen, direkt auf unserem Hof wächst, bleibt uns da der Weg nicht erspart? Wir sind unwissendes Volk, und wir sind wie Kinder. Aber eines will ich unserem Sohn sagen: Er weiß, wo er hinmuss und was er sagen muss, wenn er dort ist, er muss sagen, dass wir hier warten wie ein zahnendes Kind, und jeder, der unseren neuen Zahn sehen will, muss wissen, dass sein Sack voll und schwer sein sollte. Habe ich es richtig gesagt?«

»Ja!«, riefen die Zuhörer und zerstreuten sich dann langsam.

Nachher zog ich Max beiseite und erzählte ihm erregt mit wenigen Worten von Chief Nangas Besuch.

»Du hättest das Geld nehmen sollen«, sagte er.

»Was?!« Ich war wie vom Donner gerührt.

»Chief Koko hat mir eintausend Pfund geboten«, fuhr er seelenruhig fort. »Ich habe mit den anderen geredet, und wir haben beschlossen, es anzunehmen. Es hat uns den Minibus gesichert …«

»Ich verstehe dich nicht, Max. Willst du mir etwa sagen, dass du Geld genommen hast und zugunsten der POP auf deine Kandidatur verzichtest?«

»Mitnichten. Der Wisch, den ich unterschrieben habe, ist rechtlich ohne jede Bedeutung, und wir können das Geld gut gebrauchen …«

»Es war aber moralisch nicht ohne Bedeutung«, sagte ich bedrückt. »Tut mir leid, Max, aber ich halte das für einen großen Fehler. Ich dachte, wir wollten einen sauberen Kampf führen … Pass nur auf, jetzt werden sie uns noch härter angehen, und die Leute werden sagen, zu Recht.« Ich war wirklich besorgt. Wenn die Leute bei uns eines verstehen, dann, dass einer, der von einem anderen für eine Gegenleistung Geld nimmt, diese Gegenleistung erbringen oder sich der gerechten Strafe ausliefern muss. Da kann ihm weder Gott noch *juju* helfen.

»Vergiss es. Ich sag dir mal was, Odili. Die British Amalgamated hat der POP für den Wahlkampf vierhunderttausend Pfund gegeben. Ja, und wir wissen, dass die Amerikaner noch großzügiger waren, obwohl wir noch keine genauen Zahlen kennen. Also erklär mir doch bitte mal, wie du einen derart dreckigen Krieg führen willst, ohne dir die Hände ein bisschen schmutzig zu machen. Erklär's mir. Wie dem auch sei, wir müssen nach Abaga weiter. Ich komme dann in ein paar Tagen wieder, um letzte Details zu klären und dich über die weitere Marschrichtung ins Bild zu setzen. Bis dann also, alter Knabe, und wenn das Angebot wiederholt werden sollte, dann schlag zu. Es ist mindestens so sehr dein Geld wie seins …«

»Niemals!«

»Na ja, inzwischen stellt sich die Frage sowieso nur noch theoretisch … dein alter Herr ist übrigens ein toller Bursche. Gefällt mir.«

Zu sehen, wie Max und Eunice all die Aufregung gemeinsam erlebten, hatte mir den Mund wässrig gemacht, um es mal etwas derb auszudrücken. Während Max sprach, hatte ich mich dabei ertappt, wie ich Eunices schönes Profil studierte. Sie hockte gebannt auf der Stuhlkante und rang die Hände wie ein fieberndes Schulmädchen. Ihre Lippen schienen die Worte zu formen, die er von sich gab. Vielleicht war es diese schöne Vision weiblicher Treue, die mich am nächsten Tag dazu trieb, die Strategie, die ich mir so sorgfältig zurechtgelegt hatte, über Bord zu werfen und Edna aufzusuchen. Ich wollte ihr auf den Kopf zu sagen, dass ich sie liebte, und es auch die ganze Welt wissen lassen. Wenn sie mich abwies, weil ich keine öffentlichen Gelder gestohlen hatte und keinen Cadillac besaß, na gut, dann würde ich es nehmen wie ein Mann. Aber ich war fest entschlossen, nicht einen Tag länger so *corner-corner* – so heimlich – zu agieren. Es wäre doch herrlich, sagte ich mir, wenn ich sie Max bei seinem nächsten Besuch vorstellen könnte. Er würde neidisch sein, da war ich mir sicher. Edna mochte zwar keine Anwältin sein oder in Sachen Nagellack und Lidschatten so bewandert wie Eunice, aber jeder, der Edna auf der Straße nicht nachsah, konnte nur einen steifen Hals haben. Und für mich hatte sie genau das richtige Maß an Bildung. Ich hatte nichts gegen Karrierefrauen – die gefielen mir auf ihre Art sehr –, aber wenn mit Emanzipation Frauen gemeint waren wie diese andere Lady-Anwältin da, die gekommen und für fünfundzwanzig Pfund (wie er mir am Morgen verriet) mit dem Analphabeten Chief Nanga ins Bett gestiegen war, dann konnten sie ihre Emanzipation meinetwegen behalten.

Auf der Fünfzehnmeilenfahrt nach Anata, für die ich wegen des löchrigen Lateritbelags der Straße gut vierzig Minuten brauchte, überlegte ich, was ich sagen würde. Wichtiger als das, was ich sagte, würde natürlich sein, dass ich es entschieden vorbrachte und nicht wie ein stotternder Schuljunge. Wenn die Antwort nicht ja lautete, würde sie nein lauten; schließlich kann man mit Yams, wie es so schön heißt, nur zwei Dinge tun: kochen oder rösten. Oder vielleicht sollte ich meiner Liebeserklärung eine Zusammenfassung dessen vorausschicken, was mit mir seit unserer letzten Begegnung geschehen war. Ja, es würde sie gewiss interessieren, dass ihr berühmter Freier wie Nicodemus des Nachts zu mir gekommen war und mir zweihundertfünfzig Pfund geboten hatte. Das würde ihr gefallen, und wenn ihr gieriger Vater zugegen wäre, würde ihm das Wasser im Mund zusammenlaufen, und mein Ansehen würde in seinen Augen steigen.

Dann fiel mir wieder ein, wie wütend ich am Abend zuvor erneut geworden war, als ich an das Angebot und die Implikationen dachte. Nicht nur, weil Max unserer Partei Schande machte und trotzdem die Frechheit besaß, mir Idealismus und Naivität vorzuwerfen, sondern weil ich mich klein fühlte, wenn ich den unvermeidlichen Vergleich zwischen den Beträgen zog, die ihm und mir geboten worden waren. Nicht, dass es darauf ankam; ich würde auch zehntausend Pfund noch abgelehnt haben. Die entscheidende Frage war doch sicher vielmehr, dass Max' Verhalten unsere moralische Position kompromittiert hatte, unsere Chance, genau die Art Angst einzuflößen, die ich bei aller prahlerischen Siegesgewissheit unverkennbar in Nangas Augen gesehen hatte und die letzten Endes für unsere Gesellschaft die einzige Rettung war.

Ganz deutlich sah ich Edna sich blitzschnell aus dem Vorraum zurückziehen, als ich parkte. Frauen! Egal, wie schön sie sind, immer wollen sie noch mehr sein – und scheitern damit meist; obwohl Edna mit Puder und dem ganzen Zeug so umwerfend war wie ohne.

Ihr jüngerer Bruder saß allein im Raum. Er stand auf, als ich eintrat, und sagte: »Guten Morgen, Sir.«

»Guten Morgen«, erwiderte ich. »Hast du mir den Brief gebracht?«

»Ja, Sir.«

»Vielen Dank.«

»Ja, Sir.«

»Was liest du denn da?« Er hielt *The Sorrows of Satan* hoch, einen Finger der linken Hand noch zwischen den Seiten. Ich setzte mich.

»Ist Edna da?«

»Nein, Sir.«

»Bitte? Und wen habe ich eben gesehen?«

Er murmelte verlegen etwas.

»Geh und hole sie!«

Er blieb reglos stehen und blickte zu Boden.

»Ich sagte, geh und hol sie!«, brüllte ich und sprang hoch. Er rührte sich nicht.

»Also gut«, sagte ich. »Edna!«, gröhlte ich so laut, dass es das ganze Dorf hören musste. Sie stürzte sogleich herbei.

Mir lag die Frage ›Was soll das?‹ oder irgendetwas in der Art auf der Zunge, aber ich kam gar nicht zu Wort. Edna schnitt eine Fratze, wie man sie bei einem solchen Gesicht nicht für möglich gehalten hätte, und ihre Zunge, als sie sprach (was umgehend geschah), durchbohrte mich wie der Stachel eines Skorpions. Ich schrak sprachlos zurück.

»Manche Männer kennen keine Scham. Kannst du dir nicht eine eigene Frau suchen, statt hier herumzuschleichen? Mein Vater hat dir gesagt, du sollst nicht mehr herkommen, oder wolltest du ein bisschen Klatsch für deine Freundin Mrs Nanga aufschnappen? Ein erwachsener Kerl wie du sollte sich schämen, zu klatschen wie ein Weib. Laufbursche, geh, sag ihr, dass ich mich mit Chief Nanga vermählen werde. Soll sie doch kommen und mir ins Gesicht springen, wenn sie kann. Und was dich angeht, lauf doch zu deiner Nuttenfrau in Bori zurück, statt hier deine Zeit zu vergeuden! Ich habe dich um Chief Nangas willen mit Respekt behandelt, aber wenn du dich unterstehen solltest, noch einmal hier aufzukreuzen, dann kannst du erleben, wer Edna Odo ist –« Sie wandte sich zum Gehen, blieb aber noch einmal stehen, schleuderte mir höhnisch ein »Mr Gossiper!« entgegen und lief raus.

»Sie sollten lieber gehen, bevor Dogo zurückkommt. Er sagt, er wird Sie kastrieren.« Das war der Junge, und er sagte es erst, als ich endlos lange wie versteinert dagestanden hatte. Dogo? Dogo? Wer war Dogo?, überlegte ich angestrengt wie in einer Zeitlupenszene im Actionfilm … ach ja, Dogo, der einäugige Handlanger. Er bewachte sie also. Na, sollten sie doch miteinander glücklich werden!

Der erste Schock und die Enge im Hals legten sich bald, spätestens, als ich mit dem Wagen zurückgesetzt hatte und losgebraust war. Rückblickend stellten mein Verhalten und meine Gefühlsreaktion alle Regeln auf den Kopf. Ich hätte wie benommen wegfahren müssen, aber so war es nicht. Mein Kopf war im Gegenteil klar wie der Morgen. Die Ungerechtigkeit der konfusen Anwürfe Ednas, von denen ich mich fast oder gar nicht angesprochen fühlte, erregten keinerlei Zorn. Noch tat es die schreckliche Vorstellung, dass Chief Nanga die zweite Runde für sich entschieden hatte. Was ich vielmehr empfand, war Trauer – Trauer so tief und kalt wie ein Brunnen, in den alle meine Hoffnungen sanken: meine doppelte Hoffnung auf ein herrliches Leben mit Edna und auf eine neue, saubere Ära in der Politik unseres Landes.

Ein Gedanke beschlich mich, die Einsicht nämlich, dass es zwecklos sei, meine politischen Ziele noch weiterzuverfolgen, die, wenn ich ehrlich sein sollte, ohnehin etwas nebulös gewesen waren – bis Edna daherkam. Sie war das Körnchen in der Atmosphäre, um das der Dunst meiner Vorstellungen seinen Tropfen geformt hatte.

Ich wusste jedoch, diese Einsicht, wo immer sie herkam, würde folgenlos bleiben. Das Wissen, dass Chief Nanga in den ersten beiden Runden den Sieg davongetragen hatte und dass er, nach Lage der Dinge, auch die dritte und letzte gewinnen würde, konnte mich keineswegs zur Kapitulation bewegen, sondern festigte meine Entschlossenheit. Was ich schaffen musste, war mehr, als mir einen politischen Posten zu schnappen, es nahm jetzt die luftigen Höhen einer symbolischen Tat an, einer leuchtenden, großartigen, von jeder Aussicht auf Erfolg oder Belohnung unbefleckten Geste.

Chief Nanga handelte rasch und, wie nicht anders zu erwarten, skrupellos. Ich lauschte am nächsten Sonntagmorgen gerade den Zwölfuhrnachrichten in meinem neuen tragbaren Transistorradio. Damals ließ ich mir keine einzige Nachrichtensendung entgegen. Wenn damit zu rechnen war, dass ich um zwölf, vier, sechs oder zehn nicht zu Hause sein würde, nahm ich das Gerät mit. Es war ein prächtiges japanisches Ding, kaum größer als eine Kamera, mit einem Ohrstöpsel versehen, so dass man sich auch im größten Lärm abkapseln konnte. War ich im Auto irgendwohin unterwegs, hielt ich am Straßenrand, bis die Nachrichten um waren.

Ich lauschte aus zweierlei Gründen so begierig. Erstens, weil der Nachrichtendurst für jeden politischen Aktivisten zur Sucht wird – er ist eine Berufskrankheit. Zweitens, weil ich die Possen unseres Nationalsenders überwachen wollte, der übrigens bisher kein Wort über das Bestehen unserer neuen Partei verloren hatte, obwohl wir die Medien über alle Aktivitäten auf dem Laufenden hielten. Mein Boniface und seine Leute verfielen schon bald demselben Nachrichtendurst, nur schienen sie nie nur mit den Ohren lauschen zu können, sondern mussten zugleich laut kommentieren, was ich sehr störend fand, zumal ihre Auffassung des Geschehens lückenhaft und oft phantastisch verzerrt war. Ich gewöhnte mir daher bald an, sie auszublenden, indem ich den Ohrstöpsel benutzte.

»*A-a weting happen,* was ist mit den Nachrichten?«, fragte Boniface verwirrt, als ich ihnen diesen Streich zum ersten Mal spielte.

»*Radio done spoil* – ist kaputt«, behauptete ich. »Ich hör sie nur noch ganz klein im Ohr.«

»Dann müssen wir es reparieren lassen«, sagte er. »*E no good,* wenn man im Dunkeln sitzt.«

Zwei Tage später gab ich nach. Ich sagte ihnen, ich hätte das Radio eigenhändig repariert, was sie tief beeindruckte. Tatsächlich war es mir gemein vorgekommen, meine getreuen Gefährten von ihrer Quelle des Lichts abzuschneiden. Außerdem fehlten mir Bonifaces *tief-man, foolis-man* und ähnliche gegen Chief Nanga und seine Kabinettskollegen geschleuderte Schmähungen, wann immer in den Nachrichten ihre Namen fielen – was schon zu normalen, friedlichen Zeiten ungefähr alle fünf Sekunden der Fall gewesen war und in diesen kritischen Tagen noch viel häufiger vorkam.

Aber um zu dem Sonntagmorgen zurückzukehren. Ich lauschte im Hofhaus gerade mit der zynischen Erheiterung den Nachrichten, zu der mich unser Nationalsender inzwischen erzogen hatte. Ich hatte jede Hoffnung, dass unsere jüngste Presseerklärung Verwendung fände, längst begraben, obwohl ich zunächst noch dachte, dass die Redaktion sich wegen des Telegramms, das ich am Freitag geschickt hatte, gezwungen sähe, uns zumindest kurz zu erwähnen. Immerhin war es der erste öffentliche Auftritt einer neuen Partei, der CPC, und die stillschweigende Annahme meiner Kandidatur in meinem Heimatdorf sollte nicht unter den Tisch fallen. Zugegeben, mein Dorf war nur eines von mehreren in der Region, und sein Votum würde beim Endergebnis nicht unbedingt den Ausschlag geben, aber der Vorgang war doch immerhin nach jeder in der zivilisierten Welt gängigen Definition des Wortes eine Nachricht wert.

Doch wieder lauschte ich vergebens. Stattdessen war vom Auftakt der Wahlkampagne Chief Nangas die Rede, den es gar nicht gegeben hatte! Der war erst für nächste Woche Montag in Anata geplant. Vielleicht sollte ich hingehen.

Darüber grübelte ich gerade stumpfsinnig nach, als der Name meines Vaters aus dem Radio tönte und mich ordentlich wachrüttelte. Es hieß, Mr Hezekiah Samalu, Ortsvorsitzender der POP in Urua, sei »laut einer vom POP-Büro für Ermittlungen und Öffentlichkeit heute Morgen verbreiteten Erklärung wegen subversiver, gegen die eigene Partei gerichteter Aktivitäten mit Schimpf und Schande aus dem Amt gejagt« worden.

Ich stürzte zum Haupthaus hinüber und eröffnete dies meinem Vater, der sich gerade zu einem Mahl aus zerstoßenen Yams und Pfeffersuppe an seinen kleinen runden, gedeckten Tisch gesetzt hatte. Er schluckte den Batzen Yams in seiner Hand und leckte sich die Soße von den Fingern. Ich wartete auf einen Kommentar. Aber er zuckte nur mit den Achseln, zupfte an seiner Unterlippe, eine Geste, die klar besagte ›lass sie palavern‹, und aß weiter.

Am nächsten Tag jedoch rückte das Palaver ungemütlich viel näher. Der kommunale Steuerschätzer brachte ihm eine neue Berechnung auf der Grundlage nicht nur seiner aktenkundigen Pension von jährlich vierundachtzig Pfund, sondern der mutmaßlichen Einnahme von fünfhundert Pfund aus »Geschäften«.

»Was denn für Geschäfte?«, fragten alle. Aber zu Erklärungen blieb gar keine Zeit. Am Abend kamen drei Wachtmeister der Kommune, die eher aussahen wie *wee-wees* – wie Kiffer –, um ihn zu verhaften, und begannen tatsächlich, ihn herumzuschubsen. Ich musste auf der Stelle vierundzwanzig Pfund auftreiben; zum Glück hatte ich dazu gerade noch genug CPC-Geld im Haus. Ich drohte, dem Ganzen nachzugehen, und die Schurken lachten mir ins Gesicht. »Nachgehen willst du ihm?«, meinte ihr Anführer. »An deiner Stelle würde ich lieber nachgeben, wenn ich ihm erst nachgegangen bin. Dreh dich mal um und zeig mir den Arsch in der Hose, der Nanga nachgehen soll.«

»Foolis-man«, höhnte einer noch, als sie abzogen.

Der letzte Streich aber folgte am Wochenende, als sieben Bauamtslastwagen ins Dorf rollten und die Rohre wegzukarren begannen, die Monate zuvor für unser geplantes Wasserversorgungssystem angeliefert worden waren. Es war der erste Hinweis darauf, dass die Obrigkeit sehr wohl von unserer kleinen Auftaktveranstaltung gehört hatte. Das war immerhin ein Trost.

Es gehört leider zum Leben, dass der Mensch nur zu leicht Opfer der Umstände wird. Am Tag nach dem Steuerdebakel platzte mir auf einmal der Kragen. Edna spukte noch immer am äußersten Rande meines Bewusstseins herum. Ich pirschte mich daher von hinten an sie heran und stieß sie in den Abgrund und damit aus meinem Kopf. Ich schrieb ihr.

»Liebe Edna«, schrieb ich, »wer um Himmels willen mag Dir die Vorstellung in Deinen hübschen, hohlen Kopf gepflanzt haben, dass ich Dich Deinem kostbaren Kerl ausspannen will. Was bitte soll ich mit einer, die kaum mehr als eine Grundschulbildung hat? Heirate Du doch Deinen steinalten Mann, nur zu; wenn er der Sache nicht gewachsen ist, kannst Du ja immer ins Bett seines Sohns kriechen. Mit freundlichem Gruß, Odili Samalu.«

DREIZEHNTES KAPITEL

Am übernächsten Abend hörten wir den Gong des Ausrufers. Seine Botschaft war ungewöhnlich. In der Regel rief der Mann das Dorf zu Versammlungen zusammen, bei denen wichtige Fragen zu erörtern waren, oder zu gemeinschaftlicher Arbeit. Seine Aufgabe war es, auf bevorstehende Ereignisse und Termine hinzuweisen. Doch an diesem Abend tat er etwas nie Dagewesenes: Er informierte über eine gefällte Entscheidung. Die Ältesten und der Kommunalrat und alle Bewohner von Urua, verkündete er, seien angesichts der gegenwärtigen politischen Auseinandersetzungen im Land zu dem Beschluss gelangt, dass es für sie nur einen Mann geben könne – Chief Nanga. Jeder Mann und jede Frau in Urua, jedes Kind und jeder Erwachsene würden am Wahltag seinen oder ihren Zettel ihm geben, wie sie es schon in der Vergangenheit stets getan hatten. Wenn ein anderer Name im Umlauf gewesen sei, so hätten die Ältesten und der Kommunalrat davon keinerlei Kenntnis. Dies verkündete der Ausrufer immer wieder mit kleinen Abweichungen im Detail, etwa der Streichung von ›jedes Kind‹, was mir besonders auffiel, weil ich es gleich sehr seltsam gefunden hatte. Und ich dachte: Wenn sämtliche Bewohner zu diesem Beschluss gelangt waren, wieso mussten sie dann davon unterrichtet werden?

Noch am selben Nachmittag griff unser nationaler Ausrufer, der Rundfunk, die Botschaft auf, verstärkte sie und verbreitete sie in vier Sprachen, auch Englisch. Ich lauschte der Nachricht, wie schon unserer Dorfversion, mit einem zynischen Lächeln. Ich konnte meinen Nachbarn nicht wirklich verübeln, dass sie vor der Rolle des Opferbocks zurückschreckten. Warum sollten sie sich die Aussicht auf gutes, sauberes Wasser verderben, auf ihr Stück vom nationalen Kuchen? Und tatsächlich fand ihre Hundertachtziggradwendung keine zwei Tage später ihre Rechtfertigung darin, dass die Rohre zurückgebracht wurden. Oder jedenfalls zum Teil. Der Rest schien unwiederbringlich an das Nachbardorf Ichida gegangen zu sein, dessen Bewohnern ebenfalls Wasser versprochen worden war, die jedoch bisher nicht ein einziges Rohr gesehen hatten. Am Ende hatte ich mit meinen ganzen Bemühungen also Nanga nur die Klatsche in die Hand gedrückt, mit der er gleich zwei Fliegen auf einmal schlug.

Als ich tags darauf mit meinen Zeitungen heimkehrte, sagte man mir, Kommunalrat Koppel habe meinen Vater aufgesucht und ihm die Erstattung der Steuernachzahlung versprochen, wenn er ein gewisses Dokument unterschreibe. Dieses Dokument diente nur einem Zweck: Mit ihm würde er sich von den verrückten Eskapaden seines Sohnes distanzieren, würde versichern, dass der sogenannte Wahlkampfauftakt der CPC auf seinem Anwesen ohne sein Wissen und ohne seine Zustimmung stattgefunden habe, und würde sein rückhaltloses Vertrauen in unseren großen und gottesfürchtigen politischen Führer Chief Nanga bekräftigen.

Ich konnte es mir bildlich vorstellen, wie mein Vater mit der mittlerweile selten verwendeten Brille auf der Nase sorgfältig das Dokument durchlas, die Brille beiseitelegte und den Überbringer mit einem ›stirb, du Aas‹ davonjagte. Der Mann muss sich jedenfalls gesputet haben, so sehr, dass er das Dokument zurückließ.

»Da hast du einen schweren Fehler gemacht«, sagte ich meinem Vater später am Tag.

»Habe ich denn in deinen Augen je etwas anderes getan?«

»Ich spreche von diesem Papier, das du dich geweigert hast zu unterschreiben.«

Er schwieg einen Augenblick, dann sagte er: »Da magst du wohl recht haben. Aber bei uns heißt es von jeher: Ein Mann von Format steht niemals auf und widerruft, was er am Vortag gesagt hat. Ich habe deine Freunde unter meinem Dach willkommen geheißen, und das werde ich nicht leugnen.«

Ich wiederum sagte bei mir: Du lebst in einer anderen Zeit, alter Mann. Heutzutage vergessen Männer von Format einfach schlagartig, was sie erst gestern gesagt haben. Dann wurde mir klar, dass ich meinem Vater eigentlich nie nahe genug gewesen war, um ihn wirklich verstehen zu lernen. Ich hatte mir aus einzelnen Schnipseln ein eigenes Bild von ihm zusammengebastelt. War dies derselbe District-Dolmetscher, der an der Unwissenheit armer, analphabetischer Dorfbewohner ein Vermögen verdient und es mit Alkohol und Frauen verprasst hatte, oder hatte ich das alles furchtbar schief und falsch aufgefasst? Nun, jetzt war nicht die rechte Zeit zu einer neuen Einschätzung, das musste ich den Steuerbeamten überlassen.

»Aber eines will ich klarstellen«, sagte er plötzlich. »Du hast mir diesen Ärger auf den Hof gebracht, also musst du ihn auch auf dich nehmen. Von heute an werde ich, ganz gleich wie viel Steuern sie von mir verlangen, die Bescheide an dich weiterreichen.«

»Wenn's weiter nichts ist«, sagte ich mit einem Lächeln und meinte es auch so.

Ich weiß nicht, wieso ich auf die Idee kam, zu Chief Nangas Wahlkampfauftaktveranstaltung zu gehen. Wollte ich mir den einen oder anderen Kniff abgucken, den ich dann selbst für meine Kampagne gegen ihn nutzen könnte, oder war es blanke Neugier – von der gleichen Art wie in unserem Sprichwort über den Affen, der sich eine Kugel einfängt, weil er nach dem Jäger späht? Was immer mich antrieb, ich ging hin. Aber ich sorgte vorher für eine gute Verkleidung, mit Hut und

Sonnenbrille. Ich erwog, Boniface und die anderen mitzunehmen, fand aber dann, dass sie bloß unnötig Aufmerksamkeit – und Ärger – auf sich ziehen würden. Also fuhr ich allein.

Ich parkte vor dem Postamt und ging dann die gut dreihundert Meter zum Gerichtsgebäude, wo die Veranstaltung bereits in Gang war, zu Fuß. Auf meiner Uhr war es kurz nach vier. Selbst wenn ich mich nicht in Anata ausgekannt hätte, hätte ich die Veranstaltung kaum verfehlen können. Man brauchte bloß den Trommeln und Salutschüssen zu folgen. Und es strömten ja Hunderte andere hin. Aus größerer Nähe hörte ich dann auch die Blaskapelle – sicher von der Zentralschule Anata. Es begegneten mir viele Dorfbewohner, die ich kannte und die sich umgekehrt an einen hätten erinnern müssen, der noch vor kurzem Lehrer an der Höheren Schule gewesen war, doch hatte offenbar niemand eine Ahnung, wer ich war, was bewies, wie gut die Verkleidung war. Einer dieser Leute war Josiah, der geächtete Händler. Damals ging er umher wie ein begossenes Huhn. Ich überholte ihn von hinten.

Ich hatte kaum das Gelände betreten, da entdeckte ich schon Chief Nanga und sein Gefolge auf einer soliden, aus frischem Holz gezimmerten Plattform. Details wie die Holzkonstruktion bemerkte ich selbstverständlich erst, nachdem ich mir einen Weg durch die Menge nach vorn gebahnt, rücksichtslos jede Lücke geweitet, mich durchgezwängt und allerhand Verwünschungen kassiert hatte. Was ich aber sogleich gesehen und was mich überhaupt nach vorn zum Podest gezogen hatte, war Edna, die ziemlich genau so wie bei unserer ersten Begegnung brav wie eine Klosterschülerin zur einen Seite des Chief Nanga saß. Mrs Nanga saß auf der anderen. Die übrigen Podiumsgäste waren durchweg Männer, aber es waren auch noch nicht alle Stühle besetzt. Als ich im Gewühl eine Stelle erreicht hatte, von der ich die Gesichter auf dem Podium studieren konnte, ohne aufzufallen, blieb ich stehen.

Das Podium war von Gestalten umringt, die aussahen wie Kräfte, die der Polizei bei bestimmten Einsätzen zur Hand gehen. Unter ihnen sah ich den einäugigen Dogo. Zudem gab es natürlich die plakatschwenkenden Nangavangas in grünseidenen Cowboykostümen. Mir fiel auf, dass heute keines der Plakate meinen Namen trug; ich hätte das Nanga gegenüber nicht ausplaudern dürfen. Es stand auch ein halbes Dutzend Polizisten herum – für den Eventualfall, der hier unter lauter Anhängern allerdings kaum zu erwarten war.

Ich würgte an dem scharfen Schweißgeruch der anderen und fragte mich, wann die Feierlichkeiten wohl endlich beginnen würden.

Chief Nanga thronte da lächelnd und kühl in seinem weißen Gewand. Seine Frau, wunderbar matriarchalisch in einem traditionellen Up-and-down, einem zweilagigen Wickelgewand aus blauem Samt, fächelte sich mit einem deltaförmigen japanischen Fächer Luft zu, der offensichtlich zu klein und vollkommen unzureichend war. Gelegentlich zog sie vorn den Stoff von ihrem Busen weg und blies rechts und links auf ihre Brüste. Edna saß einfach da.

Dann endlich schien es loszugehen. Irgendein Parteifunktionär mit grüner POP-Schirmmütze beriet sich mit Chief Nanga, der mehrmals nickte und auf seine Uhr sah. Der Funktionär schnappte sich das Mikrophon und machte die Probe. Seine schrille, hundertfach verstärkte Stimme erschreckte die Menge, die aber im nächsten Moment über ihren eigenen Schreck lachte. Irgendetwas schien schiefzugehen, denn ein ohrenzerreißendes, anhaltendes Pfeifen überlagerte die Stimme. Alle anderen Geräusche waren verstummt, und dann verstummte auch das schrille Pfeifen. Der Funktionär zählte bis zehn, und die Menge lachte wieder. Dann stellte er sich als Zeremonienmeister vor. Der Mann des Tages, meinte er, bedürfe keiner weiteren Vorstellung (o Gott!, dachte ich, nicht schon wieder!) – der einmalige und unvergleichliche Honourable Minister Chief Doctor (in spe) M. A. Nanga.

Den vielen Vorzügen des ehrenwerten Chief Nanga, wie sie vom Zeremonienmeister aufgezählt wurden, schenkte ich keine weitere Beachtung, zum einen, weil ich sie ja in- und auswendig kannte, zum anderen, weil der Kerl, der selbst anscheinend schon längst seine Trommelfelle eingebüßt hatte, nicht die geringste Achtung vor den unseren zeigte ... Ich presste die Hände auf die Ohren, um die schrille Zumutung abzuwehren. Um mir die Zeit bis zu Nangas Auftritt zu vertreiben, überließ ich mich meinen Wachträumen. Was wäre, wenn ich mich bis oben auf die palmblattbekränzte Bühne durchkämpfte, den schmierigen Händen dieses brabbelnden Blödmanns das Mikrophon entrisse und den ganzen Leuten – der ganzen, verachtungswürdigen Versammlung – verklickerte, dass der große Mann, den sie mit Trommeln und Tanz zu hören gekommen waren, nichts als ein »Ehrenwerter« Dieb sei. Aber das wussten sie natürlich schon. Das wäre niemandem unter den an diesem Nachmittag Versammelten neu, ob Mann oder Frau – nicht einmal der so unschuldig dreinblickenden Klosterschülerin dort oben auf dem Podium. Und weil sie alle längst Bescheid wussten, würden sie mich, wenn ich tatsächlich dort hinaufstieg und es hinausposaunte, schlicht auslachen und sagen: Dummkopf! Wessen Sohn ist der denn? War er etwa nicht da, als die Weißen aßen; hat er vielleicht etwas dagegen getan? Wo war er denn, als Chief Nanga die Weißen bekämpft und vertrieben hat? Weshalb ist der jetzt neidisch, dass der Krieger den Lohn seines Muts isst? Würde er an Chief Nangas Stelle es nicht noch viel schlimmer treiben?

Diese Fragen würde man natürlich nicht so wortreich vorbringen, man würde sich wahrscheinlich auf ein paar harte Schläge auf den Schädel beschränken ...

Während ich so vor mich hinträumte, sah ich Josiah, den

geächteten Händler, die wenigen Stufen zum Podium hinaufsteigen und Chief Nanga etwas zuraunen, der sogleich aufsprang und sich wild umsah. Josiah drehte sich um und zeigte mit dem Finger in meine Richtung. Ich warf mich herum und drängte mich blind durchs Gewühl, panisch und ohne überhaupt recht vom Fleck zu kommen. Dann hörte ich über die Lautsprecher die Aufforderung an die Menge, den Mann mit dem Hut und der Sonnenbrille zu ergreifen. Ich nahm den Hut ab. Einen Augenblick lang passierte nichts, ich schlängelte mich weiter zwischen den vielen Körpern durch. Dann griffen die ersten Hände zögernd von hinten nach mir, aber ich schüttelte sie ab und schob und drängelte weiter.

»Ich sagte, haltet den Dieb!«, gellten die Lautsprecher. Die Hände wurden weniger zimperlich, und schließlich stellte sich mir ein nur diffus wahrgenommener Körper resolut in den Weg. Aber ich floh schon nicht mehr. Ich wollte sehen, wer mich da Dieb nannte. Also drehte ich mich um und ließ mich von allen Seiten bis ans Podium schieben.

»Der große Odili«, grüßte mich Chief Nanga. Dann nahm er das Mikrophon und sagte: »Mitbürger, dies ist der Junge, der mich ersetzen will.« Die Ankündigung löste tosendes Gebrüll aus, ein Gemisch aus Ungläubigkeit, Schreck und hämischem Gelächter. »Komm rauf«, sagte Nanga. »Damit man dich sieht.« Ich wurde die Stufen zum Podium hinaufgestoßen. Dabei sah ich Edna die Hände vors Gesicht schlagen.

»Mitbürger«, sagte Nanga abermals. »Dies ist der Junge, der mir eins auswischen wollte. Er ist in mein Haus nach Bori gekommen, hat bei mir gegessen, getrunken und sich nicht etwa dafür bei mir bedankt, sondern Pläne geschmiedet, wie er mich vertreiben und mein Haus übernehmen könnte.« Die Menge raste. Meine Panik war inzwischen verflogen und ließ nur eine steinharte Furchtlosigkeit zurück, wie ich sie in meinem Herzen nie gekannt hatte. Ich beobachtete, wie Nanga,

Mikrophon in der Hand, im Rausch seines Triumphs über das Podium wirbelte. Ich sah ihn wie aus einer höheren, unangreifbaren Warte.

»Mich fragen die Leute, wer er ist; ich will es euch sagen. Er war einst mein Schüler. Ich habe ihn das Abc gelehrt und ihn dann in mein Haus eingeladen, um ihm ein Studium in England zu ermöglichen. Ja, ich gebe mir selbst die Schuld; er hat nicht etwa einfach eines Morgens an seiner Hand gerochen und sich auf den Weg zu mir gemacht – ich habe ihn dazu aufgefordert. Wer will, kann mir dafür die Schuld geben.« Angesichts eines solch unvorstellbaren Verrats wurden die Rufe des Entsetzens noch lauter. »Er hat sogar versucht, mir ein Mädchen zu stehlen, für das ich den vollen Brautpreis gezahlt habe und noch andere Auslagen – und das unserer Tradition entsprechend meine Frau ist – dieses Mädchen hier …« Er ging zu Edna hinüber und riss ihr unsanft die Hände vom Gesicht. »Er hat versucht, mir dieses Mädchen zu stehlen, das sich vor Scham das Gesicht bedeckt. Zum Glück ist ihm meine Frau auf die Schliche gekommen und hat es mir gesagt.« Er wandte sich von der Menge ab und mir zu. »Der große Odili! Und jetzt stehst du wieder vor mir. Du hast Nerven. Oder bist du wegen Edna gekommen, eh? Das wird es sein. Komm her ans Mikrophon und sage meinen Mitbürgern, weshalb du hier bist, sie hören …« Er schob mir das Mikrophon vor die Nase.

»Ich bin gekommen, um Ihren Leuten zu sagen, dass Sie ein Lügner sind und …« Er entriss mir das Mikrophon blitzschnell, legte es ab, trat zu mir hin und ohrfeigte mich. Man hielt mich sofort an den Armen fest, aber ich freue mich, berichten zu können, dass ich ihm noch einen ordentlichen Tritt verpassen konnte. Er ohrfeigte mich wieder und wieder. Edna stürzte weinend vor und versuchte dazwischenzugehen, aber er stieß sie so heftig beiseite, dass sie mit dem Hintern auf den Brettern des Podiums landete. Das Brüllen der Menge umgab uns jetzt wie ein dichter Wald. Inzwischen fielen die Hiebe wie Regen auf meinen Kopf und Körper, bis etwas noch Schwereres mir fast den Schädel spaltete. Das Letzte, was ich sah, war, wie die ganzen Polizisten sich abwandten und leise verschwanden.

Die Ereignisse der nächsten vier Wochen sind mittlerweile in aller Welt so gut bekannt, dass es wenig sinnvoll erscheint, sie hier noch mal im Detail auszubreiten. Außerdem hatte ich, während sich das alles abspielte, eigene Probleme. Von dem Knacks in meinem Schädel erholte ich mich nur langsam – mal ganz abgesehen von dem gebrochenen Arm und anderen Blessuren, von denen mich eine fast zu einer Art genealogischer Sackgasse gemacht hätte.

Ich entsinne mich an das erste Aufwachen im Krankenhaus und einen nach der Art Alhajis umwickelten Kopf. Alles schien unwirklich und überlebensgroß, und ich glaubte zu träumen. In dem Traum sah ich Edna und meinen Vater und Mama an meinem Bett stehen. Ich sah auch, durch einen Riss im Wandschirm, zwei Polizisten. Doch allein der Druck in meinem Schädel, ein Hämmern, das verzweifelt herauswollte, war unmittelbar gegenwärtig. Ich wollte mir an den Turban greifen, aber der Schmerz folgte der Absicht in den Arm – und da war ich wieder weg. Als ich mich das nächste Mal umsah, waren mein Vater und Mama und die Polizisten noch da und wirkten konkreter als vorher. Edna war weg. Vielleicht hatte auch nur meine fiebernde Phantasie sie herbeizitiert. Ich fragte mich, auf dumpfe, entrückte Weise, was wohl die Polizisten an meinem Bett sollten. Aber ich fragte mich weder sehr dringlich noch sehr lange. Alles ringsum war so sonderbar, da kam es auf zwei Polizisten (beziehungsweise bei Wachablösung vier) nicht mehr an. (Vielleicht war das ja ihre Wiedergutmachung dafür, dass sie mich in meiner Not im Stich gelassen hatten.) Doch eines Morgens, als ich erwachte, waren auch sie fort. »Wo sind sie?«, fragte ich die Schwester, die meine Pillen brachte.

»*They done go.*«

»Aber wieso?«

»*You de ask why,* statt Gott zu danken, dass sie die Anklage fallengelassen haben?«

Anklage? Ich überlegte angestrengt, konnte mich aber nicht erinnern und gab es auf. Mein Vater käme jeden Moment, der würde es wissen. Aber als er kam und ich ihn fragte, wehrte er ab und meinte, ich solle mich erst mal erholen. Ich ließ jedoch nicht locker, bis er sagte, ja, man habe bei mir gefährliche Waffen gefunden und mich in Gewahrsam genommen.

»Gefunden? Wo? Wer hat sie gefunden?«

»In deinem Auto. Es hieß, in deinem Auto seien fünf Kampfmesser und zwei doppelläufige Gewehre gefunden worden. Egal, sie haben die Anklage inzwischen fallengelassen.«

Meine Gedanken wurden langsam wieder klar. »Wann ist die Wahl?«

»Das weiß ich nicht.«

»Sag lieber, du sagst es mir nicht, nicht, dass du's nicht weißt«, brummte ich. »Darf ich mein Radio haben?«

»Noch nicht. Der Arzt sagt, du brauchst Ruhe.«

Am nächsten Tag bohrte ich weiter, und schließlich räumte er, um sich wenigstens mein beharrliches Drängen zu ersparen, ein, dass die Schläger meinen Wagen geplündert, umgestürzt und in Brand gesteckt hätten, und im Krankenhaus sei ich in Gewahrsam genommen worden, angeblich wegen der Waffen in meinem Wagen, tatsächlich aber, damit ich meinen Namen nicht auf die Wahlvorschlagsliste setzen könnte.

»Wahlvorschlagsliste? Aber da stehe ich doch längst drauf«, sagte ich.

»Nein, die erste ist beim Wahlamt nie eingegangen. Sie

wurde deinen Leuten auf dem Weg zum Wahlleiter von Schlägern entwendet.«

Ich wollte mich aufsetzen, aber er drückte mich zurück; nicht, dass ich überhaupt hochgekommen wäre.

»So, jetzt weißt du es. Stell mir keine Fragen mehr. Selbst in diesem Krankenhaus lässt sich im Augenblick nicht sagen, wer Freund und wer Feind ist. Deshalb komme ich so oft her.« Er sprach leise und mit einem Blick über die Schulter. »Max war höchstpersönlich mit einer neuen Wahlvorschlagsliste da, aber sie haben ihn abgewiesen.«

»Verstehe.«

Tatsächlich wurde gewählt, während wir sprachen. Verheimlichen konnte mein Vater mir diese Tatsache deshalb so leicht, weil sie mich auf einer besonderen, isolierten Station untergebracht hatten. Am selben Abend wurde Max umgebracht, aber auch das erfuhr ich erst zwei Tage später, und darüber weinte ich den ganzen Tag, und der Druck in meinem Schädel kehrte zurück, und ich hoffte, ich würde sterben, aber der Arzt versetzte mich in Schlaf.

Demnach, was mir später der Gewerkschafter Joe erzählte, hatte Max vom Spionagedienst unserer Partei erfahren, dass Chief Kokos findige Frau an der Spitze des Frauenflügels der POP gerade eine Aktion durchzog, die man als Ammenwahl bezeichnet könnte; sie schmuggelten nämlich in ihren BHs gefälschte Wahlzettel in die Kabinen. Max ging der Sache sofort nach. Doch er war kaum aus seinem Wagen gestiegen, als ihn einer von Chief Kokos Jeeps von hinten rammte und totfuhr.

Die Polizei, die, wie sich herausstellte, von getarnten Schlägern unterwandert war, hatte zwar halbherzige Bemühungen unternommen, den Fahrer des Jeeps zu fassen, aber da war Chief S. I. Koko vorgetreten und hatte erklärt, man solle sich keine Sorgen machen, er werde sich der Sache höchstpersönlich annehmen. Als Max überrollte wurde, hatte man Eunice nur um wenige Zentimeter verfehlt. Sie sei wie eine Statue noch minutenlang unverrückbar stehen geblieben, sagte man mir. Dann habe sie ihre Handtasche aufgeknipst, als wollte sie ein Taschentuch hervorholen, habe aber stattdessen eine Pistole gezückt und Chief Koko zwei Kugeln in die Brust gejagt. Erst dann habe sie sich über Max' Leiche geworfen und geheult, wie es sich für eine Frau gehörte, worauf Polizisten sie gepackt und weggeschleift hatten. Ein seltsames Mädchen, fanden manche.

Die Schlägerei, zu der es an jenem Abend in Abaga zwischen Max' Leibwächtern und Chief Kokos Schlägern kam, war der Funke, der das Pulverfass der Unmut im Land hochgehen ließ. Im weniger entfernten Anata unternahm Chief Nanga nach dem Durchmarsch seiner Wiederwahl den Versuch, seine Privatarmee aufzulösen, wenn auch nur, um sich die Kosten ihres Unterhalts zu ersparen, aber Teile der Truppe weigerten sich und zettelten einen Minikrieg an, bei dem Dogo (der einäugige Leibwächter) ein Ohr verlor. Dann zogen sie marodierend durch den ganzen District, plünderten einen Markt nach dem anderen, rissen die Waren der Frauen an sich und schlugen Leute zusammen. Die jüngste Frau meines Vaters büßte auf unserem Markt bei einem solchen Überfall ihre gesamten Bestände an Trockenfisch ein und bekam dafür nur ein geschwollenes Gesicht. Andere Wahlrowdys in verschiedenen Teilen des Landes rotteten sich ebenfalls zu Banden zusammen, als sie vom Siegeszug der Leute von Chief Nanga hörten. Und so begann eine kleine Schreckensherrschaft.

Unterdessen hatte der Premier Chief Nanga und den Rest des alten Kabinetts wieder ins Amt berufen und verkündete über den Rundfunk, dass er verdammt nochmal zu regieren und gegen jede Form von Subversion und Gesetzlosigkeit unerbittlich vorzugehen und sie mit Stumpf und Stiel auszurotten gedenke. Den ausländischen Investoren versicherte er, dass ihr Geld im Land sicher sei, dass seine Regierung »wie der Fels von Gibraltar« zu ihrem Wort und ihrer Wirtschaftspolitik der offenen Tür stehe. »Dieses Land«, sagte er, »war noch nie so geeint, noch nie so stabil wie heute.« Er holte Chief Kokos Witwe in den Senat und ernannte sie anschließend mit dem Auftrag, die mächtige und aufgebrachte Innung der Markfrauen in Bori zur Räson zu bringen, zur Ministerin für Frauenfragen.

Einige politische Kommentatoren sind seither der Ansicht, dass eben der unerhörte Zynismus dieser Schiebereien die Wut der Menschen zum Schäumen gebracht und zum Sturz der Regierung geführt habe. Papperlapapp. Die Menschen waren, wie wir bereits gesehen haben, noch zynischer geworden als ihre politischen Führer und obendrein apathisch. »Lasst sie essen«, lautete die Meinung der Mehrheit. »Haben wir uns etwa umgebracht, als die Weißen alles aßen? Ach was. Und wo ist der allmächtige weiße Mann heute? Er kam, er aß, er ging. Aber wir sind noch da. Hauptsache überleben; wer das schafft, wird auch die gegenwärtigen Härten überwinden. Das Wichtigste, das lehren uns die Alten, ist die Erinnerung, und nur die, die überleben, werden sie haben. Und überhaupt, wenn du selbst überlebst, dann wirst vielleicht du morgen mit dem Essen dran sein, wer weiß. Dein Sohn wird vielleicht deinen Teil heimbringen.«

Nein, die Menschen hatten mit dem Sturz unserer Regierung nichts zu tun. Es war vielmehr so, dass der Mob und die privaten Armeen, die während der Wahlkampagnen Blut und Macht geleckt hatten, außer Rand und Band gerieten und ihre Herren und Lohnmeister ins Verderben stürzten. Das Gemeinwohl spielte dabei nicht die geringste Rolle. Da dürfen wir uns nichts vormachen.

Am Tag vor meiner Entlassung aus dem Krankenhaus kam mich Edna besuchen. Wir sahen uns wortlos an. Was hätte ich nach dem Brief, in dem ich sie ungebildet und noch andere unschöne Dinge genannt hatte, schon sagen können? Aber Angriff, sagt man, ist die beste Verteidigung. Also griff ich an. »Glückwunsch«, sagte ich, »ich werde ihm sein Amt nie wieder streitig machen.« Ich grinste heuchlerisch. Sie sagte nichts, blieb einfach weiter stehen und sah mich mit ihren runden, steinerweichenden Augen an. »Es tut mir schrecklich leid, Edna«, sagte ich. »Ich habe mich benommen wie ein Tier … Aber ich werde nie vergessen, dass von allen Menschen du als Einzige versuchst hast, mir zu helfen.« Meine Augen füllten sich. »Nicht weinen«, sagte ich, als ich wieder hinschaute und Tränen über ihre Wangen laufen sah. »Bitte, Liebste, weine nicht. Komm, setz dich zu mir.« Und SIE TAT ES.

»Ich weiß nicht, Edna … ich komme mir vor wie ein Monster … glaub mir … mit dem Brief … ich war so unglücklich … du kannst dir nicht vorstellen, wie elend mir zumute war. Kannst du mir jemals verzeihen?«

»Verzeihen? Was denn? Alles, was du gesagt hast, ist wahr.«

»Nein, sag so etwas nicht, Edna. Ich weiß, wie dir zumute sein muss. Aber, bitte, ich wollte … du weißt schon. Ich war so verwirrt, ich wollte einfach nicht … ich wollte nicht, dass du dich mit diesem Idioten vermählst. Deshalb … Gott …« – instinktiv versuchte ich, den Fluch noch zurückzuhalten, indem ich den Finger auf die Lippen legte und dann mit ihm hochzeigte in den Himmel, vergaß aber kurz, dass mein rechter Arm eingegipst war, und musste, als ich es bemerkte, den linken nehmen, was komisch war.

»Vermählen? Ehrlich gesagt wollte ich nie zu ihm gehen … Die Mädchen auf der Berufsschule haben mich ausgelacht … Es war mein Vater, der das wollte … Ich behaupte ja nicht, dass ich gebildet bin, aber wenigstens –«

»Bitte, Edna –«

»Wenigstens danke ich Gott, dass ich besser bin als andere mit ihrem Ministeramt und dem ganzen Prunk. Er ist ja auch nur so ein dahergelaufener *bush man, jaguda man*, und wenn er noch so viel Geld hat. Und was du gesagt hast über die Eifersucht seiner Frau –«

»Warte, warte«, sagte ich, weil es endlich klick machte und ich merkte, dass ich genauer hinhören sollte, was mein Gegenüber sagte. »Warte. Sprechen wir von dem ersten Brief oder dem zweiten?«

»Zweiten? Welchen zweiten Brief? Hast du zweimal geschrieben?«

»Ja, nachdem ich dich aufgesucht hatte«, sagte ich und dachte bei mir: Nicht lockerlassen jetzt! Vorrücken, Position sichern. »Als ich dich aufgesucht habe, und du mich so unglücklich gemacht hast … habe ich dir geschrieben. Willst du damit sagen, du hast den Brief nicht bekommen?«

»Nein, habe ich nicht. Nach deinem Besuch? Dann muss er zu denen gehören, die der Postamtsvorsteher ihm ausgehändigt hat.«

»Postamtsvorsteher? Ich verstehe nicht.«

»Ach, wusstest du das nicht? Er und der *man* sind so.« Sie schob die Finger ihrer Hände ineinander. »Er hat ihm alle meine Briefe ausgehändigt.«

»Nein! Was für ein Mistkerl!«

»Kannst du dir das vorstellen? Gott allein verdanke ich meine Errettung vor ihm.«

»Gott und Odili …«

»Ja, und Odili … Was stand denn drin?«

»Wo drin? Ach, in dem Brief … na ja, das Übliche.«

»Sag's mir.«

»Später. Lass uns lieber über die Zukunft reden, über unsere Pläne.« Nach einer kurzen Pause, um das unvorstellbare Glück etwas sacken zu lassen, sagte ich leichthin: »Ein gestandenes Kabinettsmitglied schnüffelt in den Liebesbriefen eines kleinen Mädchens herum!«

»Was muss ich aber auch für ein Pech haben!«, meinte Edna, aber dann schien es ihr zu dämmern, und sie fragte: »Wer ist hier ein kleines Mädchen?«

Ich lächelte bloß und drückte ihre Hand, ehe ich laut nachdachte.

»Das allzu wissbegierige Auge nimmt sich selbst die Sicht«, erklärte ich. »Ein Mann, der ins Schlafzimmer seines Nachbarn, nach einer Frau spähet, bestraft sich bloß selbst.«

Da war es an Edna, meine gute Hand zu drücken.

Wir hörten meinen Vater auf der Hauptstation die Schwester begrüßen, und da stand Edna rasch von meinem Bett auf und setzte sich auf einen Stuhl.

»Ah, meine Tochter!«, sagte er. »Du warst so lange nicht mehr hier. Ich dachte schon, ich hätte dich verschreckt.«

»Nein, Sir«, antwortete sie verlegen.

»Verschreckt? Wie das?«

»Ich habe ihr gesagt, ich würde sie mit einem meiner Söhne vermählen, als sie neulich die ganze Nacht hier mit uns gewacht hat …«

»Dann habe ich also nicht geträumt?«

»Geträumt?«

»Schon gut, Vater. Ich würde sagen, du solltest sie mit diesem Sohn hier vermählen.«

»Wir werden sehen.«

Nach meiner Genesung zogen mein Vater, seine nächsten Verwandten und ich mit einem großen Krug Palmwein zu Ednas Vater, um »ins Gespräch zu kommen«. Bei den ersten paar Besuchen kamen wir nicht vom Fleck. Unser Gastgeber weigerte sich schlicht zu glauben, dass er einen Chief und Minister als Schwiegersohn verloren hatte und sich jetzt mit einem verrückten Jungen begnügen solle, der eine Schildkröte gekauft hatte und sie Auto nannte. Aber die Armee tat uns den Gefallen, ausgerechnet um diese Zeit zu putschen und die ganze Regierung wegzusperren. Die marodierenden Banden der Wahlkampfschläger hatten so viel Unruhe und Chaos gestiftet, dass unsere jungen Armeeoffiziere die Gelegenheit ergriffen, die Macht an sich zu reißen. Nanga, hörten wir, wurde bei dem Versuch geschnappt, als Fischer verkleidet in einem Kanu zu flüchten.

Danach kamen wir bei Ednas Vater gut voran, der mich nun zweifellos als Spatz in der Hand sah. Er sagte uns, dass Chief Nanga für seine Tochter einen Brautpreis von einhundertfünfzig Pfund und noch einmal hundert Pfund für ihre Ausbildung und Nebenkosten gezahlt habe. Mehr nicht?, dachte ich.

»Unsere Bräuche«, begann mein Vater bestimmt, »verlangen, dass der Brautpreis erstattet wird. Das Übrige muss der Mann als Verlust hinnehmen. Ist es nicht so?« Unser Gegenüber räumte ein, dass es so sei.

Und das stimmte. Aber mich interessierten die legalistisch-traditionellen Argumente jetzt nicht, besonders, da sie alles verzögern könnten (auf einen Putsch würde vielleicht ein Gegenputsch folgen, und wo stünden wir dann?), und außerdem wollte ich nicht mit dem Gefühl durchs Leben gehen, dass ich Chief Nanga Geld schuldete, das die Ausbildung meiner Frau bezahlt hatte. Also erklärte ich mich – zum Entsetzen meiner Leute – bereit, alles zu begleichen. »Wir wollen hinausgehen und miteinander flüstern«, entschuldigten sich meine erschrockenen Verwandten. Ich weigerte mich strikt, und sie zuckten die Achseln, überrascht über meine Entschiedenheit – und erfreut, denn wir schätzen Entschiedenheit.

Ich hatte bereits beschlossen, mir eine private Anleihe bei der CPC-Kasse zu gestatten, die immer noch in meiner Obhut war. Das Geld würde die Partei so bald nicht brauchen, jetzt, wo das Militärregime alle Parteien im Land verboten und verkündet hatte, das werde so bleiben, bis »sich die Lage wieder beruhigte«. Zugleich hatte es den Termin für den Prozess gegen alle Beamten festgelegt, die sich auf Staatskosten bereichert hatten. Die Zahlen, die in diesem Zusammenhang im Umlauf waren, lagen bei fünf Millionen Pfund.

Aber die bewegendste Geste bestand für mich darin, dass man Eunice aus dem Gefängnis entließ und Max zum Helden der Revolution erklärte. (Denn ich muss betonen, dass Max trotz meiner harten Kritik an seinem einen fatalen Fehler in der Tat ein Held und ein Märtyrer war, und ich habe vor, in unserem Dorf in seinem Namen eine Schule zu gründen – eine neue Art Schule, wohlgemerkt.) Geschmacklos allerdings fand ich das plötzliche, ungenierte Umschwenken genau der Leute, die tatenlos zugesehen hatten, wie er starb.

Über Nacht schüttelten alle plötzlich den Kopf über die Exzesse der letzten Regierung, ihre Korruption und die Unterdrückung: die Zeitungen, den Rundfunk, die bis dahin schweigenden Intellektuellen und die Beamten – jedermann nannte die Regierung ein übles Pack, und am nächsten Morgen war das allgemeiner Konsens. Dabei waren dies ebendie Menschen, die vor gar nicht langer Zeit noch mit Tausenden Namen geehrt worden waren, denen auf Schritt und Tritt die Preissänger mit ihren Lobliedern und Trommeln gefolgt waren. Chief Koko insbesondere galt nun als Dieb und Mörder, während die, die ihn dazu gemacht hatten – meiner Ansicht nach die wahren Schurken –, sich wie der Nashornvogel der Legende wuschen und in Unschuld kleideten.

»Koko hat so viel genommen, dass es einem auffallen musste«, bemerkte mein Vater. Es war an dem Tag, an dem ich Eunice besuchen gegangen war und ihm bei meiner Rückkehr erzählt hatte, dass das Mädchen an gar nichts Interesse zeige – auch nicht daran, ob sie im Gefängnis bliebe oder freikäme. Die Worte meines Vaters machten mich nachdenklich, weil es dieselben Worte waren, die die Bewohner von Anata zu Josiah gesagt hatten, dem geächteten Händler. Nur hatten in ihrem Fall die Worte Bedeutung. Denn dort war der eine, dem es aufgefallen war, das Dorf gewesen, und das Dorf hatte eine Stimme: Es konnte zu einem Frevel nein sagen. Doch in Staatsangelegenheiten gab es keinen einen, keinen Besitzer, die Gesetze des Dorfs konnten hier nicht greifen. Max wurde nicht vom kollektiven Willen gerächt, sondern von einer einzigen Frau, aus Liebe. Hätte sein Geist auf lauthals vom Kollektiv geforderte Wiedergutmachung gewartet, würde er noch heute warten, im Regen und unter der brütenden Sonne. Aber er hatte Glück. Ich will damit nicht schockieren oder spotten. Denn ich glaube ganz ehrlich, dass unter einem Regime der vollen Fleischtöpfe und des Schmatzens, des Essen-und-essen-Lassens wie dem inzwischen gestürzten – einem Regime, das Anlass zu der Redewendung gab, dass ein Mann sich nur dessen sicher sein könne, was er seinem Bauch einverleibt habe, und zwar in der sehr zeitgemäßen Form *You chop, me self I chop, palaver finish*, einem Regime, unter dem am Morgen einer wie Josiah dafür verflucht werden konnte, dass er einem Blinden den Bettelstab stahl, und am Abend vor aller Augen ungestraft die Stufen zum Altar des neuen Schreins hochsteigen und dem Ehrengast ins Ohr raunen durfte – unter einem solchen Regime stirbt einer, dessen Leben einen Menschen dazu ermutigt hat, vorzutreten und seinem Mörder eine Kugel in die Brust zu jagen, ohne eine Gegenleistung zu erwarten, einen guten Tod.

Chinua Achebe
Alles zerfällt
Roman
Aus dem Englischen von Uda Strätling
Mit einem Vorwort von Chimamanda Ngozi Adichie
Band 90574

Chinua Achebe, Vater der modernen afrikanischen Literatur, lässt in seinem Meisterwerk den rituellen Alltag einer nigerianischen Dorfgemeinschaft an der Schwelle zum 20. Jahrhundert aufleben – und ihren Niedergang. Okonkwo, einer der meist geachteten und stärksten, aber auch jähzornigsten Stammesmänner, droht an seiner überbordenden Männlichkeit zu scheitern. Nach sieben Jahren Exil – die Folge eines unbeabsichtigten Schießunfalles – kehrt er in sein Dorf zurück, und erkennt es nicht wieder: Britische Kolonialherren und christliche Missionare haben nicht nur neue Gemeinschaftsregeln durchgesetzt, sondern auch die Götter substituiert, die dem Alltag Sinn und Form gaben. Für Okonkwo steht fest: Er muss sich und seinen Ahnen treu bleiben, und schließlich die eine unausweichliche Konsequenz ziehen.

»Achebe ist begabt mit der Magie eines überschwänglichen, großherzigen und überaus bedeutenden Talents.«
Nadine Gordimer

»›Alles zerfällt‹ ist der wichtigste Roman aus Afrika.«
Simon Gikandi, Princeton University

fi 90574 / 1

Chinua Achebe

Termitenhügel in der Savanne

Aus dem Englischen
von Susanne Koehler

Band 90610

Mit ›Termitenhügel in der Savanne‹ wendet Achebe sich der afrikanischen Gegenwart zu. In einem fiktiven Staat Westafrikas, der Nigeria nicht unähnlich ist, herrscht unter »Seiner Exzellenz« Sam eine Atmosphäre der Unterdrückung und des Misstrauens. Achebe folgt dem engsten Umfeld des Despoten und trifft in den Kern einer politischen und vor allem menschlichen Tragödie.

»Chinua Achebe ist ein magischer Schriftsteller –
einer der größten des zwanzigsten Jahrhunderts.«
Margaret Atwood

fi 90610 / 1

Chinua Achebe
Der Pfeil Gottes
Roman
Aus dem Englischen von M. von Schweinitz
Band 90609

Um 1920 in Nigeria: Ezeulu sieht sich selbst als der Pfeil, den Gott in seinen Bogen spannt, um klar zu zeigen, was richtig und was falsch ist. Falsch wäre es, mit den Kolonialherren einen Kompromiss einzugehen oder mit den Missionaren gemeinsame Sache zu machen. Aber seine Leute stellen sich gegen ihn, als das Falsche richtig scheint. – Der Abschluss der »Afrikanischen Trilogie« – der Roman einer existentiellen Entscheidung.

»Er fing die Seele eines ganzen Kontinents ein.«
Chimamanda Ngozi Adichie

fl 90609 / 1

Chinua Achebe
Wie man unsere Namen schreibt
Essays
Aus dem Englischen von Uda Strätling
Deutsche Erstausgabe
Band 95020

›Mein Vater und ich‹, ›Meine Töchter‹ – in 17 persönlichen, polemischen und politischen Essays betrachtet Chinua Achebe den Bogen seines Lebens. Kein Autor hat die Signatur, mit der ihn Afrika prägte, so deutlich beschrieben, analysiert und um seine Anerkennung gekämpft wie Achebe. In dem zum ersten Mal auf Deutsch vorliegenden Band erzählt er von seiner Kindheit, seiner Herkunft und seinem Erbe: von dem Kind in Nigeria bis zu dem Verkehrsunfall, der ihn über zwanzig Jahre an den Rollstuhl fesselte.

»Ohne das Werk von Chinua Achebe wäre die
afrikanische Literatur überhaupt nicht vorstellbar.
Seine Leidenschaft, sein scharfer Geist,
seine glasklare Prosa sind unübertrefflich.«
Toni Morrison

fi 95020 / 1

Chinua Achebe

Der Pfeil Gottes

Roman

Aus dem Englischen von M. von Schweinitz

Band 90609

Um 1920 in Nigeria: Ezeulu sieht sich selbst als der Pfeil, den Gott in seinen Bogen spannt, um klar zu zeigen, was richtig und was falsch ist. Falsch wäre es, mit den Kolonialherren einen Kompromiss einzugehen oder mit den Missionaren gemeinsame Sache zu machen. Aber seine Leute stellen sich gegen ihn, als das Falsche richtig scheint. – Der Abschluss der »Afrikanischen Trilogie« – der Roman einer existentiellen Entscheidung.

»Er fing die Seele eines ganzen Kontinents ein.«
Chimamanda Ngozi Adichie

fi 90609 / 1

Chinua Achebe

Wie man unsere Namen schreibt

Essays

Aus dem Englischen von Uda Strätling

Deutsche Erstausgabe

Band 95020

›Mein Vater und ich‹, ›Meine Töchter‹ – in 17 persönlichen, polemischen und politischen Essays betrachtet Chinua Achebe den Bogen seines Lebens. Kein Autor hat die Signatur, mit der ihn Afrika prägte, so deutlich beschrieben, analysiert und um seine Anerkennung gekämpft wie Achebe. In dem zum ersten Mal auf Deutsch vorliegenden Band erzählt er von seiner Kindheit, seiner Herkunft und seinem Erbe: von dem Kind in Nigeria bis zu dem Verkehrsunfall, der ihn über zwanzig Jahre an den Rollstuhl fesselte.

»Ohne das Werk von Chinua Achebe wäre die
afrikanische Literatur überhaupt nicht vorstellbar.
Seine Leidenschaft, sein scharfer Geist,
seine glasklare Prosa sind unübertrefflich.«
Toni Morrison

fi 95020 / 1